东瀛译丛

日本文学探缘

鱼返善雄 著

裴 蕾 译

山东画报出版社

图书在版编目（CIP）数据

日本文学探缘 ／鱼返善雄著；裴蕾译. 一济南：山东画报出版社，2018.5
ISBN 978-7-5474-2644-9

Ⅰ.①日… Ⅱ.①鱼… ②裴… Ⅲ.①日本文学—文学研究 Ⅳ.①I313.06

中国版本图书馆CIP数据核字（2017）第305780号

日本文学探缘

责任编辑　秦　超
装帧设计　王　芳

出版人：李文波
出版发行：山东出版传媒股份有限公司
山东画报出版社
社址：济南市经九路胜利大街39号
邮编：250001
http://www.hbcbs.com.cn
各地新华书店经销
山东临沂新华印刷物流集团有限责任公司

140毫米×203毫米　32开　6.625印张　200千字
2018年5月第1版　2018年5月第1次印刷
印数：1-4000
ISBN 978-7-5474-2644-9

定价：32.00元

如有印装质量问题，请与出版社总编室联系调换。

译者序

　　2017 年 2 月，笔者经原华侨大学外国语学院副院长王铁钧教授指点，决定开始翻译鱼返善雄的《文学と東洋》（1961 年由日本小峯书店出版发行）。原书名中的"东洋"所象征的是世界文学中的一个类型，具体表现为日本与中国典型代表的东方风格。笔者在翻译的过程中发现本书主要从文化、文学的角度论述了日本文学与中国古典的渊源，但又是非单向的影响，而是历史上中日文学之间的互相影响、互相渗透。所以最后确定翻译后书名为《日本文学探缘》。

　　作者鱼返善雄（1910—1966）是日本语言学家、中国文学研究学者。出生于日本大分县。1926 年始，在中国上海东亚同文书院留学，从事文学、语言学研究，1929 年因病退学归国。

之后创作了大量与中国相关的语言、文化、文学类书籍。如：
《大陸の言語と文学》（三省堂，1940），《新中国小説集》
（目黒書店，1942，1948），《中国文学入門》（東大出版社，
1951），《日本文学と中国文学》（弘文堂，1952），《中
国的考え方》（宝文館，1952），《中国文学読本》（開成館，
1955）等。

文学作为人类文化的一种形式，与文化范畴内的各领域息
息相关，同时文学又具有特殊性。本书的作者以探究日本文学
的特殊性为目的，从历代中国与日本的文化交流、两国文学的
昔日起源与日后的分流发展，集中向我们展示了日本文学的前
世今生。

中日两国一衣带水，中国对日本文学的影响一直持续到近
代。由中国传入日本的汉文字已经融入成为日语的一部分，文
学则演绎出了一番别样风光。而要了解日本文学，就绕不开中
国古典文学。所以本书作者主要从日本人的视角研究中国古典
文学对日本文学的影响，包括写作技法、思想情性等，以及"中
华文物制度"在日本的传播、影响及内化发展。同时书中也论
述了日本文学对中国近代文学也产生了一定程度的影响。此外
作者还从翻译的角度论述了中国诗歌对日本俳句的影响，以及
作者的翻译理论在中国诗歌与日本俳句互译中的实际应用。

由于中日两国不论是在人种还是文化之间都存在着一种亲
近感，这反而造成了一些错误的印象与想象。而作为昔日"东
亚文化圈"核心的中国，如今对日本文学的探缘也非常有意义，

看看同一事物在不同时空映现出了怎样一番不同的风光与生命情性。即所谓"以彼观此，以此看彼，事物的如实才能得以彰显，己身的长短乃得以显现"。

本书之所以能够顺利翻译完成，得到了王铁钧教授的大力支持与帮助。在翻译的过程中，每每遇到问题，王老师都会通过邮件或者短信的方式耐心地解疑答惑。在此，笔者要向王铁钧教授表示最衷心的感谢！

同时，笔者还要感谢华侨大学外国语学院院长毛浩然教授、副院长黄文溥教授的鼓励与帮助。感谢郭惠珍老师、薛雅明老师、陈臻渝老师、陈延老师在翻译过程中给予的关心与帮助，以及提出的宝贵修改意见。感谢山东画报出版社秦超主任的信任与帮助。

本人才疏学浅，如有翻译欠妥以致错误的地方，敬请赐教。

裴 蕾

华侨大学外国语学院

2018 年 3 月 12 日

序　言

　　人们通常倾向于将文学与政治、经济、道德伦理联系在一起，或者干脆认为文学就是附庸于它们而存在，但事实上就文学本质的常识而论，如此论断显然有其逻辑上无法自洽的一面。从另一方面看，如此观点在对文学认知上流于狭隘与浅薄的同时，也限制并阻碍了文学的发展与进步。

　　从人类文化活动的历史来看，文学与政治、道德伦理，在概念上都是处于同位的关系，它们都从属于文化的范畴，都是人类文化活动不同的表现形式。在这一定位的前提下，凡此不同的人类文化活动表现形式相互影响，共同作用，为人类社会生活的向上发展做出贡献。

　　文学又可以称为语言的艺术，这是因为文学的表现主要是借助语言这一手段，当然这里所说的"语言"是一个包摄文字在内的广义概念，因此文学与语言二者并不存在主从关系或者谁附庸于谁的问题。

　　另外一个重要原因是，相对于文学的一般性，还要考虑基于民族、风土人情背景下文学的特殊性。我们作为同属东方文化民族大家庭中的一员，同时，我们又是以日语为母语的民族个体，如果只追求文学的一般性，而忘记了文学的特殊性的话，或许我们将永远无法认知文学的真谛。

鱼返善雄
1961 年

目　录

日本文化与中国文化

一　日中文化的基本认识

《圣经》中说："神赐予人类一颗永恒的心，而人类却无法探知神之无限奥秘。"[1]中国有句成语叫作"饮水思源"（即"喝水解渴之后要记住此水之源头"的意思），就文化的范畴而言，套用这一中国成语亦然，即大致可以说如果接受了文化的恩惠，作为接受者的一方，从情义上也应该要去寻找恩惠的源头。如此，一方面正如《圣经》中所说的人类拥有与生俱有的被上天赐予的探索未知世界的好奇心，另一方面则是伴随着人类社会的不断进步，人类对文化探知——包括其源头也包括其未来的流向的欲望与日俱增。

这一切都是普遍存在的。但是，人类在不同阶段探求的对

---

[1]　原文为："神造万物，各按其时成为美好，又将永生安置在世人心里。然而，神从始至终的作为，人不能参透。"《传道书》3：10—11

象也不尽相同。有一个词语叫作"孤独"，在彻底的孤独状态下，不必说一个人的社会生活了，就连生存都是问题。所以，作为个体的人自然是需要先建立起强有力的家族体系，之后再续家谱。但是如果把家谱追溯到神那里的话，恐怕就难以自圆其说了。所以往往是恰到其处地追溯到某个时点，即见好就收。凡此种种并非只有在日常生活中才有，在理性的学术研究领域也有此倾向。

日本民族在有历史记载以前就处在一种"岛国"的地理状态下。因此，在日本知识阶层的潜意识里，历来便有一种向亚洲大陆寻根溯源的传统，不管是从物质的层面还是从精神的层面。更准确地说，作为日本学术界这种传统的外向性的寻根溯源未必仅仅限于亚洲大陆本身，而是日本之外的任何疆域。当然，从研究结果来看，如果研究对象确实存在于日本以外的某个国家，此种态度尚可取，但是如果从一开始便刻意地采取这种态度，设定假设的话，尽管是无意识的，但作为学术来讲都是不可取的。

关于日本民族、文化的起源问题，日本学者的态度也有以上思想的成分吧。关于日本民族的渊源，作为其中的一分子，我认为任何故步自封、自命不凡的想法都是错误的。但是，另一方面，从近代科学各领域所取得的研究成果来看，认为万事本源皆在外的想法也是错误的。众所周知，从人类文化史来说，在"近世"这一历史时期，日本列岛与亚洲大陆是连接在一起的。因此，我们可以想象出，现代日本人的直系祖先从几万年以前开始就生活在这片土地上了。原因是，从考古出土的绳文土器时代[1]以前的早期日本人所使用的石器工具，以及比绳文土器时代更早时期的原始人类生存形迹的发现都得到了证实。即便如此，早期即已生存繁衍于日本列岛的远古日本人的人种谱系尚未获得确认，也未见完整的血缘延续轨迹。但是，只要考古学发现的是几万年乃至几十万年前的人类骨骸，仅此就足以证明在远古时代，于今天叫作日本列岛的一方土地上就有日本人（曾经是日本人，姑且作此假说）在此生存繁衍。可以说，在这片气候、风土如此适宜的土地上，作为大陆的一角，便产生了某种程度的文化。所以，当时日本与亚洲北部、中部、南部地区，或者与南洋曾经有过某种联系。日本人并非有意识地到达过波利尼亚[2]，或是以其他名称命名的太平洋诸地区。但是，在某种迁徙的过程中，确实有到达那里的人。这种观点总比那种认为日本人都是从外在区域"迁徙过来"的起源外在主义更有说服力吧。

在人类文化历史上，日本既然在近代属于亚洲大陆的一部分，那么与大陆之间就不存在从大陆迁徙到日本列岛，或者从日本列岛迁徙到大陆的说法了。这只不过是同一大陆区域的民族迁移或者文化交流罢了。其实是人类或者文化从南亚地区或者印度尼西亚经由中国南部地区迁移到日本、朝鲜。如果把人

---

〔1〕 绳文时代，是日本石器时代后期，约一万年以前到公元前一世纪前后的时期，日本由旧石器时代进入新石器时代。"土器"即陶器。

〔2〕 波利尼亚，文化学和人类学上称作"波利尼西亚"。太平洋三大岛群之一，处于大洋洲境内。根据考古证据和比较的语言相同性之判断，专家们认为来自美拉尼西亚的移民在 3，000—4，000 年前定居于波利尼西亚中部。最早从东南亚迁徙而来。后来其中一部分的人群又向更遥远的波利尼西亚地区迁徙。

类历史比作帝国大厦的话，日本土器时代末期，即西方的希腊罗马帝国时期，中国的春秋战国时期当时就像处于帝国大厦的三楼——人类历史的"近世"。来自朝鲜半岛的"渡来文化"对日本民族的再形成产生了重要影响，同时也对日语的发展也起到了革命性的作用。这一观点无论是对民族学也好，对语言学也好，一时之间确实很难接受。

日本人就"我们从哪里来"这一命题，从出发点就持有偏见。为什么如此肯定地说日本人"是从某个地方来的"啊。诚然日本民族是一个混血民族，但是其混血程度已经达到了相当高级别的融合程度了。据血液分析专家报告称，其混血程度绝不亚于中国的汉民族，甚至在其之上。中国汉民族和语言有着四千多年的历史[1]，而日本民族和语言仅有二千三四百年的历史吧。在语言学界，甚至有学者认为在九千多年前，日本语就已经与大陆语系分道扬镳而别具一格了。如果不经历这么多岁月的话，即便是古典日语，要确立并稳固其语言体系，恐怕也是做不到的吧。现代日语从地理学角度来看，是采用了北方系阿尔泰语系与南方系南亚语系共存的状态。显然，如此的移花接木恐怕是为了令日语的语系有所归属而人为进行的撮合吧。

另一重要的因素是物质文化的迁移。虽然农作物与器具作为物证残存了下来，但是说它们是随着民族迁徙或者大量人群的迁移而移动的说法未免失真。就现代世界而言，人类的迁移并非是物质文化传播的必要条件，同时还涉及到急剧的时间变

〔1〕此处论调认为这乃作者以及一些日本人的一己之见，他们认为汉文化最早是从商代开始的。

迁以及广阔的地域空间等范畴。富有文化创造才能的民族更是如此。既然承认一千年前的日本民族从极少数移民那里吸收了物质文化并使之改良发展，那么否定二千多年前的事实就很不自然了吧。

从以上各方面的分析思考来看，日本民族的大部分特色在考古学意义上的上古时期就已经存在于日本这片土地上了。我们姑且不争论日本民族是从原始时代就存在于日本的土地上，还是在人类发展的历史过程中从亚洲大陆一步一步来到了日本，我们应该思考的是，日本民族同汉民族以及其他民族同时存在，而且在人类发展史上平等、独立地逐渐构筑了独特的文化。

二 日中文化的基本认识（续）

文化，其产生的历史时期是久远的，与之相比，文化的持续时间之长，影响范围之广、程度之深才是值得我们重视的。从此种意义上说，汉民族文化与埃及、美索不达米亚、希腊、罗马、印度等文化相比并无优劣之分。虽然我们无从知晓远古时代的汉民族经历了怎样的过程才得以形成，但毫无疑问的是，在人类历史上汉民族确实是一个伟大的民族。他们在当时气候、环境并不理想的黄河流域定居下来，忍受贫苦，一年又一年顽强地成长起来。起初，他们只是在华北的一小片土地上经营着小村落，但不久便建立了覆盖长江以北地区的封建国家，随后发展成为横跨整个中国本土的伟大帝国。虽然在政治上重复了几多朝代变迁，但汉民族却到达了南洋、美国等地域。领土远超欧洲的全部面积，人口急剧增长，以至于统计上出现了几千万人口的误差。

他们在至少三千年以前就开始使用独特的文字，这种文字不仅达到了完全适合汉民族自身语言特点的效果，而且他们还惠及周边民族，将这种文字传播到了没有文字的民族。在社会组织与经济生活方面，他们拥有足够丰富的经验和极好的预见性，同时为了抵御外敌侵略，他们又拥有强大的军事实力。除此之外，更加具有特色的是他们拥有自己独立的道德伦理价值体系，拥有《经》《史》《子》《集》四大文献总纂。这些都是日本人所谓的"东洋文化"的重要组成部分。

大多数中国人都是汉民族，就算是中国疆域内的其他少数民族从外表上看也是黄皮肤的"黄种人"。就这一点，对日本人来讲首先就具有亲近感。另外，不管是否全面，因为两个民族使用共通的文字，所以经常使用"同文同种"的口号。日本主要是从隋唐时期开始与中国进行交流，引进中国先进的艺术、宗教、制度等并加以创新，所以会有一种文化亲属关系的意识，这是某种与对待西方诸国所不同的感情纠葛。元朝时期的中国是日本恐惧的对象[1]，明朝时期的日本却是令中国头痛[2]的

---

〔1〕 1274年，忽必烈派出九百艘战船三万以高丽兵和汉人为主的人马，出征日本。元军在九州岛登陆，遭到日军顽强抵抗。元兵无法战胜日军，只得退回船上，谁知夜来狂风，元军战船纷纷沉没，元军逃回。

〔2〕 早在明朝初年，日本倭寇就经常袭扰我们的海疆，为此明朝的开国皇帝朱元璋可是头疼不已。根据历史记载，在洪武时期倭寇入侵达44次之多，为了解决这个问题，朱元璋可谓殚精竭虑，绞尽脑汁。

原因，而这一切都已成为了历史话题。共和国时代的中国人反思中日甲午战争，这一场失败至少唤醒了中国人。发起侵华战争到远东太平洋地区战争的日本军国主义头目们认为，只要向中国再输入"东洋文化"的精髓思想——儒教伦理思想的话，中国人就会无比感激他们。事实却是，儒家思想对于日常生活中的普通民众来说，只不过是用来装点门面而已。而对于大部分知识分子来说，这些恰恰正是他们抵制的腐朽落后的东西。中国人在抗日战争以前认为，日本人只不过是会耍手段的暴发户，只不过是传播西方文化的买卖人，只有极少数的慈善家会思考日本固有的、独特的文化。大部分中国年轻人只是因为无法实现去欧美留学"镀金"，而选择到日本留学"镀银"。那时由于日本学校强行将严苛的"忠君爱国"的教育理念灌输给这些年轻人，他们日后竟成了抗日战争的领导者。另外，当时留日的中国年轻人当中很多人娶了日本女人为妻，而日本人娶中国女人为妻却极其稀少。两种现象虽形成鲜明对比，然而中国人却很难说清楚到底对日本女人哪一点感兴趣。

正如在国际交往中司空见惯的一样，日本与中国在过去的接触中，由于两国之间存在的分歧和互相理解不够充分，而不断上演着历史的悲喜剧。可能也正是由于两国之间共有的外在与内在的亲近感，反而造成了互相之间的错误印象。若要中日两国人民互相尊重历史与现状，并达成互相理解，其中的难度要远比对西方人困难得多。中日两国一衣带水，本应该有着互相理解的友好关系，但是由于彼此过于自信，又不互相学习，导致了误会不断加深。

最重要的是，我们必须要清楚地认识到一个事实，日本民族与汉民族无论在物质生活方面还是在精神生活方面，依旧存在着巨大的差距，思考问题的方式可以说完全不同。那是因为两个民族所建立的社会，所倡导的思想是完全不同的两种性质概念。我们暂且不说"东洋文化""同一个亚洲"这样的外交辞令，抑或称之为诗意表达，因为现实并没有达到这样的程度，所以能否朝着这个方向发展还是一个疑问。作为"东洋文化"的精髓而被利用的儒教思想，仅仅是作为江户时代统治阶级的伦理观念，而平民却并没有追随这一思想。比如对于"仁义"这一儒家思想术语概念，武士、学者、平民各个阶层都有不同的理解。不仅是对词汇理解的不同，就连他们生活的轨迹都完全不同。即便是中国平民与日本平民进行比较，结果也是明显不同。

社会基础从传统到基本构造完全不同，作为个体的人从精神世界的构成到思维方式的习惯等也不尽相同。所以要把某种特定的教义当作普遍真理强行灌输给他们的做法，只不过是当事者因为错觉而导致的自我满足罢了。而且单靠政治、军事的"强邻"姿态轻视所谓的"弱小"国家，那么根本无法触及到这个民族的灵魂。正如人与人之间是平等的一样，民族与民族之间最初本质上也是平等的。如果不是本着互相尊重各自发展的出发点，而一方只是单方面放低姿态，卑微地尊重另一方，即变成"事大主义"[1]的话，也根本无法得

---

〔1〕事大主义，是一种儒家的外交理念和政策，"事大"一词出自《孟子》中的"以小事大"一语，后来在中国分裂时期（如五代十国时期）常出现于较弱小国家（如南唐、吴越）对较强大国家（如后周、北宋）的外交文书中。

到对方真正的尊重。利用此种行为保全自己的名声和地位等，最终结果并非仅仅是由于无知导致了相互之间的误解，而更应该说是一种罪责。

三　中国文化的接受

中国文化对日本文化的影响，其初始年代要远比人们通常以为的更为久远。历史记载的应神天皇（3世纪末）时期，朝鲜人王仁带来了《论语》《千字文》，但具体时间已无从考证。中国在《汉倭奴国王》中记载，中国方面镌制的"汉倭奴国王"金印[1]，虽然是大约公元1世纪中叶的事情，但并不能因此表明此乃大陆中国与岛国日本彼此交流联系的肇始或起点。因为就文化接触的常识或常例而言，比之政治层面的接触，更早的必定是文化史意义上的交往与传通。尤其是物质文化范畴的交流，肯定要早先于政治层面的交往。属于物质文化范畴的日语当中，也有许多这样的例子，从语言学角度推断出，某些被当作日本固有的和语而使用的词汇其实也是由汉语演变而来的。这些词汇并没有出现在日本贵族的书面文字记载中，但是在平民的日常交流中很早就已经存在了。

但是，无论日语中有多少来自于汉语的外来语，都不能说日语与汉语是同一类语言。英语中的大部分政治词汇来自于法

---

〔1〕东汉初年，日本国王遣使入汉都洛阳进贡，愿为汉臣藩，求汉皇赐名。汉以其人矮，遂赐"倭国"。其王又求汉皇赐封，光武帝又赐其为"倭奴王"，并受赐"汉倭奴国王印"。当时，日本想借着臣属于汉王朝树立自己权位和王位，因此举国大喜。

语，而英语的起源则是拉丁语，所以说英语与法语是属于不同范畴的两种语言形式。现代日本人使用近万条来自英语的外来语，即便这样，日语与英语，依旧是桥归桥、路归路，互不相干。汉语同样也是此种情况，现代日本人如果不使用汉语词汇的话，恐怕连一行字都写不了，尽管如此，日语也只是借用了汉语词汇的单词而已，这与语言的本质并无关系。这种结论同样也适用于朝鲜语与汉语的关系。

某种程度上，语言象征了一个民族的思维模式，从各种角度进行比较研究之后，我们不禁惊叹于日语和汉语之间的差别竟然如此之大。与其说是差别大，倒不如说它们是完全不同的两种语言类型。世界上的语言分为三大类，而实际上日语是其中一个种类的代表，而汉语又是另外一个种类的代表。剩下的那一类是以英语、德语、法语、俄语等欧洲语言的某一种语言为代表。欧洲语言（印欧语系的语言）的词尾变化非常复杂，日语的词尾变化没那么复杂，而汉语的词尾是没有变化的。也就是所谓的"变形语（屈折语）""黏着语（胶着语）""孤立语（分析语）"。其单词与短语的构成以及排列顺序是完全不同的。

日语与汉语不仅在语法构成方面完全不同，就连音韵组织与发音规则方面也属于完全不同的两个语言体系。因为日语当中没有以"—p，—t，—k"音结尾的音节，所以，在某些英语外来语中就会出现大家常见的词尾中有多余的母音出现，比如"チップ"（tip），"ヒット"（hit），"ステッキ"（stick）。同时来自于汉语的外来语中也有此类语言现象，比如"ゼニ"

（钱），"カマ"（镰）。另外，"马""梅"在汉语中是单音节[ma], [mei]，而日本人则将其读成双音节"ウマ（ムマ）""ウメ（ムメ）"。出现这种现象并非是日本人随性或率性使然，而是因为日语的发音标准就是这样的。汉语可以称作单音节语，单词都是由单个音节构成的，而日语则是以双音节单词为中心。用六个罗马字母才能完整地表示某些汉语词，如"chiang"其实才只是一个单音节词，必须要一口气发音完毕，而日本人却把它延长读音为三音节词"チアン"。这好比是一把铁尺依照传统度量衡标记的一寸与公制的一公尺中的一厘米，其实都是我们惯用的长度测量单位，但一个同样的长度单位，公制的"厘米"与传统度量衡的"寸"二者的叫法是不一样的。一方说是三倍的长度，另一方却说那是三分之一的长度，对一个不知其个中情由的人来说，简直就是一头雾水，很难理得清头绪。由于这种发音的"长度单位"的不同，造成了中国人学习日语，或者日本人学习汉语时的种种障碍，因此也就无法像本国人说得那样标准了。

汉语属于汉藏语系，日语属于阿尔泰语系，抑或是早已不属于某一种语系，不管怎样，两种语言分别属于不同的语言系统。所以，日语在借用汉语之际，进行大幅度的变更也是理所当然的。在朝鲜与日本开始交流之前，据说日本与中国东南部之间已经有了直接的文化交流。假设从日本尚且属于亚洲大陆一部分的时候开始，日本民族与汉民族在某种程度上就已经作为邻居开始接触了，但是当时也不可能是无条件地输入语言。之后经过了数世纪至少是十多个世纪的时间，到了奈良时代，大量的中国汉字（即中国文献资料）被带入日本，[1]日本人开始系统地学习中国汉字和语法。即便如此，由于学习者是日本人，毫无疑问他们仍然无法摆脱日语本身的限制。于是，汉字的读音便有了日本独特的，即适应日语音韵组织的发音形式，比如现在日本人经常说到的汉音、吴音等。

如果按照以上外来语借用原则分析的话，"最初把汉文字的直读理解为音读"的假说便是一种错误。汉文字最初只是一种"符号"，即如果不看文字，便无法理解其真意。如果不把古汉文字翻译成口语，即使是汉民族都很难真正理解其意思，所以我们必须承认当时由于教师业务水平不高，教授方法不完备，无法从事这样的工作。即便有人做了，那也只是王仁先生的个人表演秀而已。

四 理解外来文化的能力

据《古世记》《日本书纪》中记载，在中国文化传入之前，日本民族已经形成了具有一定规模的社会文化体系，虽然并不完备，但已经形成了自己的伦理观念。他们崇尚洁净，鄙视污秽，虽然深切地感受到了无限的世界与有限的生命之间的无奈，但是他们仍然能够以积极客观的态度生存，不得不说这是一个

---

〔1〕 这里指"王仁献书说"。王仁献书说，《古事记》卷中载："又科赐百济国：若有贤人者贡上。故受命以贡上人，名和迩吉师。即《论语》十卷、《千字文》一卷并十一卷，付是人即贡进。"《日本书纪》卷十应神天皇十五年八月六日条载："百济王遣阿直岐贡良马二匹。……阿直岐亦能读经典，即太子菟道稚郎子师焉。"

热爱淡泊的民族。试想，如果把生存年代相同的罗马帝国皇帝尼禄、中国的秦始皇与日本神话人物倭建命[1]相对比的话，他们各自的鲜明特点便显而易见了。

但是，在民族文化雏形方具的时代，不论一个民族如何具有潜力，如果其与邻国之间有差距的话，那不得不说这个国家始终都会处于被动的状态。诸如农耕、纺织、金属锻造等物质文化的发展，抑或是发明了作为文化传播手段的文字等便是如此。毋庸置疑，在以上物质文明与文化等方面成功的民族是优秀的，而只是听话学话、谨慎传播的民族由于缺乏创造性而被嘲笑，也是没有办法的事情。但是，即使输在了起跑线上，而后来却能在短时间内缩短差距并达到一定的水平，并且在应用方面积极加入自己的想法，这样的民族也是优秀的民族。日本民族可以说就是这样的民族。不难想象那些看似铺路方石一般的方块字——汉字最初曾令日本人何等不知所措，但是当他们懂得了汉字的使用功能后，便普遍地应用于万叶假名中。日本人把日语"ときじくのかくのこのみ"用汉字"登岐山玖能迦玖能木实"来标记，与今天的中国人把欧美发明的新药——青霉素用汉字"欧米（美）新药盘尼西林"标记，原理是如出一辙。如果只是停留在这样的阶段，那么古代的日本人与现代中国人就等于白忙活了，而天生心灵手巧又勇于创新的日本人从这一阶段向前迈出了一步、两步，进而发明创造了日本独特的

---

〔1〕日本武尊，《古事记》作倭建命，《风土记》作倭武天皇，本名小碓尊，另有日本武、大和武等称号，日本神话人物，传说其力大无穷，善用智谋，于景行天皇期间东征西讨，为大和王权开疆扩土。

音节文字"片假名"与"平假名"。假名文字遵循"一字一音节、一音节即一字"的原则，与日本民族语言达到了最佳的适应效果，同时从现代音声学的角度获得了公正的评价，这是最合理最有能效的表记方法。用罗马字的打字机无法进行演讲速记，但是用假名文字就可以做到，这应该就是对古代日本人天生的合理性思维方式最好的证明吧。

另一方面，他们还有一个世界上独一无二的发明。起初，日本人的语言就像田间小道一样曲折、微妙，与大都市铺路方石般的汉文字之间似乎没有丝毫的连接点。但是，古代日本人却能在石板路上左右穿行，使汉文字变得通俗易懂。也就是他们创造了"训读"这一书面语体，这种语体与汉文字在汉语中作为口语二者有所不同，它是另外一种语言标识符号，即便是在现代读起来依然生命力旺盛。据古典学研究权威弗乔博士早年对称为"乎古止点"〔1〕的日语训读符号的研究结果推断，这种训读方式是日本人见到汉文字后没过多久便创制出来了。再举一例，8世纪初，于作者在世之时即已传入日本的中国最古老的小说《游仙窟》（张文成作）。原作是一篇复杂难懂的文章，通篇是散文与韵文相混合，还包含有许多典故与俗语。然而，奈良时代的日本人却是争相传抄，不仅完全理解了小说的意思，还把它利用入和歌的创作当中。遣唐使不远万里风波将中国的大量书籍带入日本，在这些来自域外堪称伴手礼的中

---

〔1〕乎古止点，是送假名"ヲコト"的万叶假名即汉字表记。所谓"乎古止点"是在一个汉字的上中下左右打上"・"，读者根据点的位置按照"乎古止点"图的规定判断这个点代表的是哪个助词或者假名。

国书籍中，流行小说在当时也被日本人与《论语》《老子》一样奉为瑰宝。可以说，当时的人们对汉文字的理解力达到了令人意外的程度。像《世说新语》《白氏文集》这样的书籍，便更加受重视，并得到认真的研读。

日本人在接受中国文献初期，在非常短的时间内（当然也是耗费了许多的精力）就能把汉文字运用自如的例证不胜枚举，在此还想把对汉文的内容理解与运用达到顶峰的例证再补充一二。当时就一部《怀风藻》，即已收集了从 7 世纪到 8 世纪跨度达八十多年，共有 64 位日本人创作的汉诗 117 首。创作年代大约是中国的初唐时期，所以诗风都是以六朝诗风的五言诗为主，七言诗仅有 7 首。其中，曾经的遣唐副使藤原宇合[1]虽然有同时代的中国诗人共同创作诗歌，但是他的作品也已经完全具备了自成一派的风格。如果不学习掌握汉诗的真髓，确实无法表达出其中的精神。另外，让唐玄宗迷上围棋的留学僧辩正[2]，创作了将幽默与悲伤交织在一起的绝妙的五言诗。相比现代许多研究中国的日本人，他们才是真正理解了中国文学的真意。

人们常常引用的《日本书纪》中所载圣德太子的《宪法十七条》[3]，整体来看，它提出了和平国家或者说是文化国

〔1〕 藤原宇合，是奈良时代的政治家。他是藤原不比等的第三子，藤原式家之祖。藤原宇合初名"马养"，作为遣唐使的副使朝拜大唐后，改为"宇合"。

〔2〕 据《怀风藻》记载，留学僧辩正"性滑稽，善谈论"，虽"少年出家，颇洪玄学"，其它琴棋书画等小技也很精通，所以和尚一到唐朝以善围棋与气味相投的李隆机相遇，并得到非常的赏识。

〔3〕 《十七条宪法》，是在日本推古天皇 604 年所制定的 17 条条文。相传是由圣德太子制定的。内容与今日的日本宪法不同；它主要是包括对官僚和贵族的道德的规范和一些佛教的思想；为迄今所知，日本法制史上第一部成文法典，但并非现代法律意义上的宪法。

家的一种理想。虽然语法上有些许的问题，但是它记录着儒教
思想庄严的词句，以及佛教和为贵的思想，确实令人印象深刻。
其中的典故均来自于《书经》《诗经》《礼记》《孝经》《论语》
《史记》《昭明文选》等。即使说其中教义都是通过外来学者
的教授而获得，但是圣德太子自身的学识修养也非等闲视之。
中国文学是经过较短的时间创作完成一种模式，经过较长的时
间被继承下来，而日本人是在极短的时间内理解吸收了外国文
学，以相当的水平进行模仿，进而又用自己独特的方式致力于
发展创新。

五　发展本国特色文化的成果

在相关的中国文献中记载，日本曾经是一个弱小分裂的国
家，而关于日本消化吸收外来文化并重新打造本国特色文化的
能力却几乎没有提及。在《后汉书·东夷传》《魏志·倭人传》
中或多或少地记载着关于日本的介绍。其中几乎都是描写地理
风貌，记录不一样的风物等，同时也有像"气候温暖，民风淳朴，
长寿者居多"等褒义的词句。原来汉民族的"中国文物制度"
当中，都是我乃世界之中心，周围系蛮夷之地的思想，所以在
历代正史的记载中，并没有详细介绍有关日本的文学等。就连
像《明史》这样的近世历史书籍中的相关内容也有不符合事实
的记载。像《万叶集》《源氏物语》等文学巨著，明治维新以
后到过日本的文人外交官也只不过是随意地介绍一下而已，经
由学者作为研究对象而全面翻译也只不过是二十年前的事罢

了。这与日本的"汉学热"相比，简直大相径庭。（曾经在明朝时期，为了防御倭寇，当时所谓的间谍写了一些文献资料，介绍了他们调查日本的实际国情，并介绍了日本语言、文学的一部分等，但是却没有被广泛地阅读利用。）

但是古代的日本人对于邻国是以何种态度看待自己，除了政治态度以外，其他似乎也不太关心。古代日本人对与汉民族的种族亲近感以及文化共同体的认识似乎并不像现代日本人那样强烈。其中一个原因或许是佛教这一思想体系是起源于印度吧。不管怎样，我们是基于自身的立场学习他们的长处，充分学习吸收以后创造出某种新的东西。除此之外，我们还把他们的长处应用于所有的领域当中。

大化改新以后，国内的制度大部分都具有中国色彩，教育方面开设大学，公立、私立学校，文章撰写方式也由和汉混合语变成纯粹的汉文模式。如果就此发展的话，难免落入六朝四六文体的浮华虚饰当中，而进入平安时代，小说、随笔、日记盛极一时，解除了此类危机。毋庸置疑，假名文字在其中起到了举足轻重的作用。但是，当时的日本人不但没有舍弃汉学，反而通过汉学的修习与积淀，不断提高自己的文学水平与文学表现能力，将表现技巧更加细致化。11世纪初的《和汉朗咏集》，正是此种文学见识的最高体现。此外，本书还例证了日本民族不仅富有和魂汉才的能力，还能够将外来文化与本国传统巧妙融合、创新。仅仅是一本收录有589首短诗，以及配有216首和歌的小册子，些许六朝风的唯美词句便扑面而来，另外又有日本人特有的淳朴平和的乐天精神注入其中。通过这种融合创作，足以看出日本人爱好融合、混合的主义。比《朗咏集》稍晚问世的，同样也是在 11 世纪编撰面世的《今昔物语》，这是一部集天竺（印度）、震旦（中国）、本朝（日本）文学于一体的集大成著作，通过这本书也可以看出日本人对于融合的态度。

在汉文学、国文学方面，现在仍然有名气的作家或作品里面，或多或少都能看到这种文学见识。在中国，由历代统治者或者学者文人组织编纂的文学全集并不稀奇。但是，日本人是一边将几个不同的国家进行对照，一边尽可能地吸收获取某种新的知识，像这种有意识地进行比较、整合的态度还是非常少见的。这是因为中国是一个大陆古国，本国历朝历代的作品就已经达到了惊人的数量，无暇顾及其他，这一理由似乎是成立的。还有一种解释为，日本是浩瀚东海穷荒之处的一个岛国，创造并使用文字的年岁尚浅，而且曾经是把中国作为文化先进国家来尊重对待的，对中国的文献资料也非常珍视，所以根据"外来和尚好念经"的惯性思维，在中国不太重要的东西在日本也都被奉若至宝，并被完好地保存了下来。曾经领导中国文学革命的胡适先生等人持有以上见解。但是另一方面，日本这一民族就好像是亚洲博物馆的管理员，把中国、印度、朝鲜等国家的文物一并收集到博物馆中，并向后人展示，而根本不计较后世的褒贬。民国初年将中国文化宣传到西方的辜鸿铭等人应该是属于褒扬日本的那一类人，但是，很难说他是完全理解了日本的民族活力或者是发展方向。他把中日两国近几年的纷争解释为"这是一场具有相同传统的两个老板身份，又是兄弟之间的纷争"，实际是否如此，尚有疑问的余地。

不论是站在中国人的立场上来批评日本文化，还是站在日本人的立场上来思考日本文化的本来面目，认为文化就像是历史文物的收藏者，或是讨论谁才是真正的传统文化的捍卫者，即用倒退的观察方式对待历史的前进的话，便无法形成一种全面的解释说明。与其如此，倒不如通过漫长的历史过程，考察日本人与中国人是怎样利用各自特有的方式来对待文化现象的——唯有用这种活跃的思考态度，并从其中发现新事物，才能寻找到真正的价值。

六　狭小地域中的文化精神的发扬

"日本人原本是属于蒙古人种的民族。他们的文明，他们的文学，以及文学的、艺术的传统皆是由汉民族文化派生而来。"——这是由赫伯特·乔治·威尔斯概括得出的结论。这一观点对于不深入思考的人来说，很有可能带来很大的误解。蒙古人种在这里大概指的是黄色人种具有"双眼的间距较宽，鼻子较平"这样的面部特征。这样的民族在考古学时代，在东亚应该有好几个种类。其中一派繁衍延续至今，而这一派就是适应了近代生活的日本人。

其次，"文明、文字、文学、艺术传统皆来源于汉民族"这一说法，如果把来源理解为全方位、全面来自于中国的话，那显然是错误的。日本民族与汉民族进行非正式交往之前已经具备了相当程度的精神文明，物质文化方面也远远超过了今天所说的"野蛮人"的生活状态，这种观点在此前已经论述过。诚然，某一时期，在文字、文学以及一部分艺术方面，日本民族确实利用了汉民族的产物，但是这种专靠"买"的时期并不长。他们利用了较短的时间理解、吸收、模仿汉民族文化，"毕业"之后便开始创造具有本民族特色的文化，并在近代史世界得以生存下来。

"我对他们的历史非常感兴趣，这是一段充满浪漫色彩的历史。他们在公元 1 世纪初就建立了封建制度并发展了与这一封建制度相契合的所谓武士道的价值体系。他们历史上对朝鲜与中国的侵略简直就是英国侵犯法国的历史在东方的翻版。"我们不妨再次借用威尔斯的话说，日本历史颇显浪漫。不过善恶是非暂且不说，第二次世界大战时期日本民族与世界上大部分的国家为敌，单就此而言，论穷兵黩武，这个民族一点也不在古代的匈奴与中世纪的蒙古之下。蒙古人使用汉族人发明的火药，征服了从太平洋到第聂伯河的大片领土。由于第二代统治者窝阔台的突然暴毙，蒙古人撤出了欧洲，但是他们的气势却达到了空前高涨的程度。然而据说后来蒙古却变成了异常孱弱的宗教民族，东蒙古变成佛教信徒，西蒙古变成回教信徒。

我们不得不思考这个民族的命运竟然有如此不可思议的变数。13 世纪中叶，蒙古从欧洲撤出后，专心稳固其在亚洲的地盘，不久忽必烈（1264）在北京建都，建立了元朝。这对于日本民族来说，遭遇到了空前的危机。文永十一年（1274）、弘安四年（1281），蒙古大军两次东征日本。如果他们取得胜利的话，对于世界史来说这只不过是一个地区的战争，而对于日本历史来说，确定无疑是一个致命的大事件。假设即便真的遭遇了如此危机的事态，日本民族也会异常坚强地恢复正常。其理由是，从以贵族为中心的平安朝时期开始，平民的力量就如同地下水一般积聚起来了，从武士、市民到农民，他们的品性、人生观在世界上都已具备自己的特点。蒙古大军进攻日本的时候，日本人已经完全转变为日本式的文明人了。

平安时代的贵族无论男女都具有文明人的品格，即使在行文方面，他们也总是能把一本正经的汉文与极具个性的和文巧妙地区分使用。这在中国却不常见。从平安时代维护社会治安职能为主要角色演化而来的武士阶层，虽然一开始只是作为"侍从"这一亲身护卫的身份而存在，但是他们与中国传统意义上的英雄好汉相比感觉却是品性别异。当我们阅读中国近世小说《三国演义》《水浒传》时，小说中英雄好汉的风云叱咤当然扣人心弦且让人拍手喝彩，但同时我们又对这些所谓英雄好汉苍白的内心世界与人类温情的普遍缺失而不无微词。姑且不说他们杀人放火并无视社会的既成法律，就个人的道德伦理修养与社会责任感以及人文情怀而言，中国小说中这些英雄好汉的形象，显然与日本读者的价值取向不相一致。

日本人关于人道主义的反思都是从何而来的呢？从古代社会开始，日本民族就以崇尚清净为民族习性，同时整个社会各个阶层都渗透着佛教思想，可以说这是其重要原因。作为镰仓幕府的创始人，始终肩负武士阶级历史使命的幕府将军源赖朝，同时也是忠实的观音信仰者，就是其最好例证之一。镰仓时代正值日本的宗教改革时期，不但平民信仰的净土宗、真宗、日莲宗等新兴的佛教宗门盛极一时，就连从中国传入的临济、曹洞禅宗在日本也呈现出一片繁荣景象。净土宗阿弥陀佛一边倒的他力本愿[1]主义在现世中象征为武士的所谓忠诚之心，整日里唱诵着《妙法莲华经》祈祷佛法无边的日莲宗则把中立主义作为日本国的理想主义。禅宗原本就是以一"无"字贯穿思考始终的宗教门派，而日本的武士阶层也有如此夙愿，一旦面临生死关头，便像樱花一样落英飘尽，他们的"无"只不过是将禅宗的"无"浓缩到很小的范围内并身体力行。

在中国中世、近世时期，部分僧侣曾经被认为是品行不符合社会规范的典型，部分寺院也是藏匿特立独行之人的场所。与此相反，在日本僧侣被认为是潜心钻研佛教的典范。平安时期的贵族统治阶级暖衣饱食骄纵身心，而镰仓时期的所谓武士道精神却与其产生了鲜明的对照。即便这是由于平民阶层的贫困与命运不公所致，而反映在所谓的精神层面，日本人却认为有可圈可点之处。蒙古大军来袭之时，当时的太上皇祈祷"愿殉身以免国难"，接着便有了"神风"使蒙古军队全军覆灭的历史传奇。这一故事足以证明一般国民对于神道教有一种天生的信赖，同时这也是对那个时代宗教盛行的社会现象的一种反映。由此，日本人的统合主义精神可见一斑。

---

〔1〕他力本愿，"他力"就是"佛力"，据称依靠阿弥陀佛的"本愿"力就可以往生西方净土。即依赖阿弥陀佛普度众生的本愿而成佛。

七 中国式人物形象的出现

从儒家伦理思想来说，镰仓·室町时代[1]的武家政治与中国的春秋战国时期一样有违"礼"的价值准则。但是就当时日本社会的国情，特别为了顺应武士、农民阶级的意愿而建立的社会制度与上层建筑是可以理解的。即便如此，由于室町时代的将军本质上也是近似于公卿的贵族阶层，所以在国家政治以及个人私生活方面都需要儒教、佛教要素的介入，在与中国交往方面表现出的软弱也就不足为怪了。足利义满修建了相国寺等寺庙，私生活极尽奢华，从当时的社会经济现状来看确实轻率，可是如果他是中国的统治阶级的话，这样的行为就不足为奇了。在某种意义上说，他虽然是日本人，却是中国式的统治者。如果当时对明贸易是对日本方面有利的话，那么对京都、堺市[2]乃至全民族物质生活的提高都有帮助，可是事实恰恰相反，我们却陷入了向他国称臣"乞讨"的窘迫境地。汉民族原来在商业领域就具有超高的才能，对于日本人来说是极难应付的对手。

室町时代末期之后处于战乱时期的日本人品行极其卑鄙，

---

〔1〕 镰仓时代（1185—1333），是日本历史上以镰仓为全国政治中心的武家政权时代。因源赖朝于1185年击败竞争的武士家族平家以后，在镰仓建立幕府而故名。室町时代（1336—1573），是日本史中世时代的一个划分，名称源自于幕府设在京都的室町。足利尊氏对应后醍醐天皇的南朝建立了北朝，于1336年建立室町幕府。两个朝廷对立的南北朝时代一直持续到公元1392年，最后被北朝统一。

〔2〕 堺市，是一个位于日本大阪府中部的城市。于2006年4月1日成为日本第十五个政令指定都市。

他们为了保存自我甚至可以出卖亲人，这与乱世中的中国相比只能说是五十步笑百步罢了。全国上下是一片颓废的样子，丝毫无法想象这曾经是一个擅长能乐，玩味犹如茶道这种宁谧恬静的安逸艺术的民族。在冷酷的现实面前，伦理、艺术的影子已几近消失，这便是当时整个世人的现状。把"逢佛杀佛，逢祖杀祖"这一禅宗的最高境界，从理念世界转移到现实世界，看几位"乱世英雄"登上历史舞台。织田信长、丰臣秀吉，以及以后的德川家康，他们都曾是极端的凡夫俗子，都曾是世人避之不及的一介武夫。从某种意义上说，他们都如中国历代诸侯、军阀巨头般的人物，都是唯我独尊之辈。丰臣秀吉在《明史·日本传》中被称作"平秀吉"，而且有相当详细的介绍，原因也不过是他作为倭寇持续困扰明朝当局者才被引起的重视。因此他并非一个能力超凡的大人物，虽是自视极高的一代枭雄，也只是乱世中出生的一介庸俗之人而已。但是当时日本社会在思想上已经具备与中国相同的儒教伦理价值观，空间上他们把握当时的国际形势登上了历史舞台，时间上他们打破了已经存在的旧社会秩序。

丰臣秀吉把自己周围的一切都装饰得金碧辉煌，以此来压倒别人，这与后世的新兴暴发户并无差别。他虽然是一个日本人，可是却没有继承日本民族自古以来崇尚简约朴素之美的传统。为迎接天子，他建造了奢华的府邸，同时还建造了如同隐士居住的茶室。除了丰臣秀吉，大部分日本统治者仍然会潜心鉴赏一系列典雅朴素的艺术作品。从这一点可以看出日本民族的志向与大陆诸民族的不同点，这也是现代欧美人满怀憧憬要探寻的所谓弥散着神秘感的东洋的特点。如此志向的产生自然是源于植根日本风土人情的民族性，同时也不能忽视佛教思想作为后天因素所产生的影响力。

　　遣唐使曾经前后到达过中国十七八回，由于晚唐（894 年）时期废止了遣唐使制度，直到宋朝时期日本僧侣们才得以再次到中国留学。后世开创了建仁寺的荣西于镰仓幕府创立前曾两次到达宋朝留学。所谓的"五山"禅寺[1]始于镰仓时代，室町时代达到鼎盛，在其之下的"十刹"也固定下来。因为他们不仅模仿了中国的寺院制度，而且由这些大小寺院的创立者所开创的"五山文学"大多都处于奈良朝时代与江户时代的中间时期，所以我们不能忘记日本人在运用汉文字表达思想方面所具有的创造力。

　　最初的禅宗在中国随着唐朝的灭亡也一度随之消亡，到了宋朝又重新登上历史舞台。但在日本的天台、真言等宗教派系有的变成了平安贵族的兴趣爱好，有的竟沦落到职业巫术的境地。同时，由于元朝对宋人的迫害，迫使大批的流亡僧侣东渡来到日本。后来由满洲女真族建立的清朝灭亡明朝之际，中国明王朝的遗老遗少又把日本作为逃亡的目的地，这与前朝的情况极其相似。因为是逃亡海外，所以并非仅仅是有学识的僧侣才东渡日本，而是大量僧侣涌入了日本，完全超出了我们所需要的人数，其结果用现在的话说，引发了一场宗教热潮。

---

　　〔1〕 五山，是中国南宋的官寺制度，即有朝廷任命住持的五所最高的禅寺。镰仓、幕府时代日本模仿南宋的五山制度设立镰仓五山（建长寺、圆觉寺、寿福寺、净智寺、净妙寺），京都五寺（天龙寺、相国寺、建仁寺、东福寺、万寿寺）以及五山之上的京都南禅寺，共十一座禅寺，合称"五山十刹"。

大抵某种热潮的出现，如果仅仅是受流行的冲击，往往容易迷失其本来的真意。镰仓时代以来的禅宗，虽然无法准确地说明在一般受众者中间到底能理解到何种程度，但是以五山为中心的一种特别的学院派与业余派在汉文字、汉诗方面，无论是质还是量所达到的空前盛况是极其罕见的。有了这些能够灵活运用异国文字的人出现，室町时代在对明交流中自然启用这些有学识的僧侣，即让他们作为政治外交顾问并委以重任，这一事实是毋庸置疑的。同时，利用文笔能力以求能安身立命之辈在当时以进入五山的山门为飞黄腾达的门路。诸如此类现象在任何朝代都存在，故而不能否定其存在的价值。而且，这些僧侣当中也不乏为真心求佛法而渡海到达中国者，他们不仅到达过天台山、五台山，甚至有人深入蜀地（元二十三年所提到的雪村[1]），还有人在明太祖面前作诗（绝海），他们做了缺乏朝气的故国朝廷中儒者们意想不到的事情，而且将宋代儒学者所提倡的程朱理学迅速传入日本的也是禅宗的僧侣。

八　儒学的复兴与学派的形成

利玛窦最先到达澳门，前后历经二十年才到达北京，而当时德川家康[2]以"坐待杜鹃啼鸣"的极大忍耐性最终获得了

---

〔1〕雪村友梅（1290—1347），元朝时日本高僧，是元朝普陀山高僧一山一宁的弟子，18岁时出访元朝，朝拜祖庭，遍访高僧大德，精通佛法和汉学。

〔2〕"杜鹃不鸣"比喻日本战国末期叱咤风云的3位伟人，即织田信长、丰臣秀吉和德川家康。杜鹃不鸣，如之耐何？信长果敢且雷厉风行："杀之。"秀吉聪明而务实："逗之啼。"而家康的回答却显得些许无聊："待之啼"。

天下。三十年后由于岛原之乱，幕府决定除了荷兰与中国以外，断绝与其他西方国家的贸易往来。数年后中国改朝换代，北京变成了清朝的都城。明朝遗臣郑成功以台湾为据点推进与日本的关系，最终却无果离世。清政府实行严苛的文化统治政策，唯以儒学治国。因此才有学者朱舜水、陈元赟脱离清朝流亡日本。

在中国，随着政权的更替，文化政策也会发生一百八十度的大转弯。对大量旧朝的文化人判刑甚至流放，这从很久以前的朝代开始已有先例。而统治者若是其他民族，他们为防止前朝的抵抗会采取更高程度的预防措施。但是德川政府却并非如此，政治上的统治姑且不论，文化政策方面不需要采取如此极端的措施。室町时代盛极一时的五山，已经衰败得面目全非，僧侣们也只不过是领些许补贴，从事对朝鲜文书的编撰之类的公共事务，即便是儒学方面，他们也只不过是单纯地查阅字句解释古书，仅以此方法是无法获得政治上的领导权的。

但是，儒学系统性的复兴却在其他意想不到的方面发展起来。其开山鼻祖便是原相国寺僧侣藤原惺窝[1]。中世纪时期武士只追求战功，无暇顾及学问，文治方面，尤其是文章之道，则交由五山僧人，悉听其便，所以提倡儒学复兴的人出自禅门，也是理所当然的。藤原惺窝与其他僧侣一样学习儒学的同时也

---

〔1〕 藤原惺窝（1561—1619），日本德川幕府初期的唯心主义哲学家，日本近世儒学的开创者。江户时期早期理学领袖，曾任德川家康的教师。他曾想来中国求学，因乘船中途遇风而没有成功。当时日本的儒学还停留在训诂的阶段，他却依据程颢、程颐和朱熹对儒家经典的新注研究儒学，认为朱熹独得道统之传，终于创立了日本的朱子学派京师学派。以后这个学派在日本逐渐成为占统治地位的学派之一。

修习过朱子学，他大力提倡"正儒邪佛"的说法。藤原惺窝同时也得到了德川家康的赏识，其门下弟子林罗山[1]曾任德川家康之后四代将军侍讲，直接参与起草制定相关文件。德川家光[2]时期受赠忍岗别墅（位于今天的上野公园），并在此设立私塾、修建孔庙。这便是后来迁至汤岛的幕府最高学府昌平簧（昌平学问所），林罗山孙子林凤冈任大学头一职并掌管昌平簧。不论是藤原惺窝还是林罗山，他们都修习朱子学说，所以德川幕府时期的文教政策也是沿着此路线推进，全国各地诸侯也都争相效仿。

但凡是有批判主义精神的学者都会注意到一个问题，某个时代的权力统治者对于某些特定学者的古典文献解释一旦持有偏见，那么在接下来的两三百年的时间里这门学问便毫无进展，这无疑是一种阻碍学问进步的做法。但是，因为朱子学派的古典文献解释持稳而不出格，所以在中国相当长的时期备受统治者的青睐。历代统治者认为某个学派性格与品行是否符合儒家教义并不重要，只要符合统治者的要求，顺应民众的道德观念便可以采取他的方针政策。江户时代初期，除了作为官学的朱子学说及其亚流学说之外，还有阳明学、古学，而且每个学派都有知名的领导者。尽管学派林立，当时的状况却是公认朱子学一派为权威，儒家大部分人也都热衷于追随其学说。这种风

〔1〕 林罗山（1583—1657），日本德川幕府初期的唯心主义哲学家、儒学家。他对德川幕府早期成立时的各种相关制度、礼仪、规章和政策法令的制定贡献很大，此外他对日本儒学的推展亦功不可没。林罗山一生读书不辍，著有《林罗山诗集》和《林罗山文集》。

〔2〕 德川家光（1604—1651），德川幕府第三代将军。二代将军德川秀忠长子，巩固了德川家族的统治，实行闭关锁国政策。

气甚至延续到近现代时期，或者说至今仍保留着其中一部分思想。

林罗山的子孙像林鹅峰[1]、林凤冈[2]等有能力之人作为幕府的儒官可以直接参与文书的修订等工作，所以五山的僧侣们也就没有存在的必要了。甚至地方诸藩的大部分儒官也都是其门下弟子，可见林家势力的强大。在中国有一条通则，学者也即是官吏、政治家，若其子孙优秀者皆可世袭父辈的职位，但是后来由于出现了"科举"这一相对公平的考试选拔制度，多少缓和了些弊端。

在日本因为没有类似的这种民主的选举制度，所以派阀斗争的倾向越发严重，拥有众多门人并与权力者有着千丝万缕联系的学者徒有超出自身实际能力的虚名，并且假借这种虚名谋取不正当利益。某某门下有"三才子""四天王""十哲人"等各种说法，也不过是老师们对自己门下相对德才兼备的弟子的一种自夸，而弟子也认为与其追求真理倒不如继续传承老师的意志所获得的利益更大。当然，具有真才实学、孤芳自赏式生活的人也不在少数。与中国相比，日本人的农村群居式的习性依然明显，这一点也是德川幕府对于没有走上仕途的学者的态度由警戒转变为压迫的原因之一吧。在京都能够与江户林罗

---

[1] 林鹅峰（1618—1680），林罗山第三子，学者。精通儒学及日本史，随父亲在上野忍冈办私塾，并编辑《本朝通鉴》。曾为幕府将军德川家光讲授"五经"，为幕府制订礼制，并担任幕府诉讼和外交顾问。

[2] 林凤冈（1645—1732），林鹅峰次子，日本江户时代儒学学者。1680 年继任大学头之职，他受到第五代将军德川纲吉信任。第八代将军德川吉宗继位后，又受到信任，参与幕府文书行政，并负责接待朝鲜通信使。他为江户幕府文治政治推进做出了很大贡献。

山抗衡的当属松永尺五，他培养了贝原益轩、安东省庵、新井白石、室鸠巢等有名的门生。如果没有京都所司代的保护，没有如此众多的优秀门生，据说他早有可能遭遇厄运了。

九　难以根除的事大主义本性

中国的一位批评家在比较中国文化与日本文化中写道，日本没有施行中国的宦官制度、科举制度、女性缠足习俗等着实幸运。日本人确实没有陷入这些弊病中，但在其他方面也暴露了本民族的劣势。这主要是由于日本人自身的态度导致的，而中国文化本身并无过错，其中最大的例证就是前面刚刚提到的事大主义倾向。其中的原因不胜枚举。"秀才遇到兵，有理说不清""祸从口出""人在屋檐下不得不低头""背靠大树好乘凉"等谚语集中反映了在过去的民族生活中卑微成为习惯的种种场景。这不禁让我联想到同样是生在岛国，而身处比日本更加贫瘠的环境中的琉球人，他们甚至流传着"有奶便是娘"这样悲伤的口头语。这些谚语比起将英语 flunk(e)yism 译为"佣人本性"，其中更饱含了深深的哀伤情绪。

我并不认为普通日本人从古代开始就把中国当作主人对待，但自称"日本国王臣源"[1]的足利义满，以及被称作是"汉倭奴国王"的日本西部某一部落的酋长另当别论。不仅如此，在中世、近世历史上，与中国交流中某些代表者曾经提出平等

---

〔1〕1402 年，明朝建文帝在给日本的圣旨中，称足利义满为"日本国王源道义"，足利义满在致明朝皇帝的国书中也自称"日本国王臣源"。

甚至是更自大的词句。众所周知，日本民族具有创造独立文化的能力，尽管在文字与文献编纂方面略迟于其他民族，但是通过后天的努力开拓了崭新领域，也应该挽回了迟到的时间。尽管如此，不论是否是无意识，都无法否认我们是事大主义的俘虏这一点。荻生徂徕[1]就是其中一例，他对内以"海内第一人"自居，而对外却宣称日本只不过是"东海之夷"，自己只不过是"三分之一圣人"而已。德川吉宗偶得一琉球寺子屋[2]读本《六瑜衍义》，荻生徂徕本来是一训读反对主义者，可是却得意扬扬地用训读方式将其读完，并且为其做了序言，大概意思为"室鸠巢等人不懂得阅读此文，自己在将军的推荐下按照训读的方式阅读完毕"。徒有豪杰之士虚名的荻生徂徕也不过如此。这到底是什么原因导致的呢？荻生徂徕曾经一边接受增上寺附近的豆腐坊的接济，一边苦学，后来成为柳泽吉保的门人。柳泽吉保凭借将军德川纲吉执政时期的宠信而成名，而荻生徂徕或许是受柳泽吉保立身出世主义影响的原因吧。荻生徂徕极具功利主义却宣称"东海西海皆不出圣人，唯中华有圣人"，唯独对中国文化思想如此情有独钟，实在令人不解。

德川政权的新封建制度在儒学思想的范围内拥有几乎完

---

〔1〕荻生徂徕（1666—1728），日本德川时代中期的哲学家，古学派之一的萱园学派（又称古文辞学派）的创始人。初时信奉朱子学，50岁后受中国明朝文人李攀龙（1514—1570）和王世贞（1526—1590）的古文辞学影响，思想发生很大变化，开始批判宋学，并在日本开拓、推广古文辞学。他的学说当时具有一定的进步意义，曾经风靡日本，后来对日本的国学和水户学等产生了很大影响。

〔2〕寺子屋，发源于室町时代后期（15世纪），是寺院开办的主要以庶民子弟为对象的初等教育机构，提供类似现代的小学教育，学童年龄大都是六至十多岁，以训练读、写及算盘为主，江户时期共有两万多所。

备的组织体系，经过两个世纪统一了人们的思想，不得不说这也是其中一个重要原因。德川将军接受儒学者书写的"日本国王""大君"等字样，统一日本不仅表现在他们的行动上也是他们思考的终极界限。幕府成立仅仅二十七年后，外文书便被禁止输入，关闭了与外界交流的渠道。德川家康允许学问自由，其实只是一种在儒学范围内学习哪个流派的自由，他坚决禁止接触天主教等任何其他异国文化。其结果就是，关原之战（1600）时，在英国已经成立东印度公司的亚洲局势下，日本人却像生活在外星球一样，依然歌颂着元禄时期（1688—1703）的华美，沉醉于文化（1804—1818）、文政（1818—1829）时期的享乐主义，服务于德川将军家这一至高无上的家族，直到浦贺发生黑船来袭。

在闭关锁国期间，日本通过荷兰人、清朝人能够直接获得一些海外信息，同时归国的"漂流民"也成为获取海外新鲜资讯的重要途径。但是，长崎这一偏远地域的贸易港口不可能推动整个日本文化的前进。"奉行"〔1〕所官员的学识姑且不论，"唐通事"〔2〕们充其量也就只能读读通俗小说，唱唱通俗歌曲，像冈岛冠山〔3〕这样拥有儒学者身份的人物简直凤毛麟角。

---

〔1〕奉行，是日本存在于平安时代至江户时代期间的一种官职。江户幕府成立后，奉行成为构成官僚体系的主力职位，上至幕府，下至各地方的大小藩主，都依各种政务需要设置许多奉行职位。

〔2〕唐通事，是日本江户时代长崎贸易中对从事汉译人员的通称。唐通事职责重要，社会地位崇高，贡献巨大。

〔3〕冈岛冠山（1674—1728），是日本江户时代研究中国白话文学的先驱，他首次将中国古典小说《水浒传》进行了日文训点和翻译，开创了日本以《水浒传》为代表的中国白话文学的黄金时代，被誉为日本介绍和倡导中国稗官之学的第一人。

当时到长崎的中国商人这样写道："哎呀，当时长崎的穷人们居无定所，连吃饭的田地都没有，他们只有依靠与中国人做点小买卖赚点钱，勉强糊口。"

"当时的'唐人屋敷'[1]建筑如铜墙铁壁一般，滴水不漏，四周的围墙高百尺，房屋的四个角落各有看守的小屋，看守人员不分昼夜地监视，戒备森严。而官吏也会每晚三番五次地巡逻，不断地提醒屋敷内的人禁止大声吵嚷，禁止打架，小心火烛。……本国那些无处谋生的学者、教师紧随商人其后，准备在这里开辟一番新事业。所以这些见习通事们，就仿佛是来到了学校，他们在这里学习语言，阅读文章，无论遇到什么问题都可以得到解答。但是毕竟世上不务正业的青年居多，总以为成为见习通事已经算是谋得一个相当高等的官职，所以他们并没有认真学习从而导致连简单的会话都不会。"

这是江户时代文化、文政年间长崎唐人屋敷的景象，作为对外交流的最前线，当时的状况与现代实际情况进行比较，还是比较容易接受的。在这里虽然看不到事大主义，但也看不到人与人之间的真诚。

当时日本的统治者们如果真有心倾听建议的话，倒不如好好学习一下琉球。琉球在庆长年间（1596—1615）本属于萨摩

---

[1] 长崎市中有一区土地叫作馆内町，町名缘起于这里曾有一座占地三万平方米的"唐馆"。唐馆更多地被日人称做"唐人屋敷"，它是日本江户时代锁国政策的产物与象征。德川幕府于1612年宣布了"禁教令"、于1633年和1635年分二次宣布了"锁国令"，加上许多具体法令，规定日本人不准去海外，已在海外的则不准回国，规定了长崎为唯一贸易港、贸易额也有限定。也令由九州各地聚来长崎定居的唐人成了"住宅唐人"，而乘船来做生意的唐人成了不再允许定居的"来航唐人"。

藩津岛氏的势力范围，从明朝初期以来对外公开接受中国的册封成为外藩（至于琉球人与日本民族是否属于同一民族，以及琉球的归属问题则另当别论）。横跨在黑潮汹涌的海上，细长如绳的冲绳虽然可以称为国，却实在是蕞尔小国。从中国来的使节登山环顾四周后写道："东西不过数里，南北不过数十里，左右皆环海。"而那个小小的琉球国却是衣冠文物一应俱全，他们为了建造如此一个充满生机的国家，付出了多少苦心与努力，江户时代的儒学者们应该俯首折腰虚心学习才对。

十　中国思想与汉语的生命力

琉球虽小却作为一个国家与清朝保持着外交关系，以"进贡"为名，实则进行贸易，而江户时代的日本却只允许长崎的"清朝人"在唐人屋敷内进行交易。由于全面锁国，在对外文化交流方面也只不过是国外文物的流入或是民间个人之间的接触罢了。江户幕府末期（文久二年，1862年）江户·长崎的官员和商人跟随一名荷兰人以贸易使节团的身份到达上海，之后也有去欧洲途经上海的日本人，所以长崎奉行试图推进长崎与上海地方政府之间局部地域的交流，可是却得到对方类似"侨民只要遵循该国法律就可以"的回复，所以并未缔结近代意义上的外交关系。

明治三年（1870）有传言日本新发行的纸币（金札）在上海被伪造，另外又有通商港口的中国人拐卖日本小孩并卖掉的谣言，所以大藏省派出官员到达上海调查此类事件。政府部门内部此时开始审议"与清政府通好的相关意见书"，这一年外务省派出的书记官柳原前光为日中两国建立外交关系进行谈判所需的先期筹备工作而经上海抵达天津，并与大清政府总理衙门兼管通商的总理大臣、两江总督曾国藩，以及直隶总督李鸿章见面会谈。对当时处于西方各国高压下惶然不安的清政府来说，柳原前光的到来无疑让气氛舒缓不少，清政府高官对柳原前光到来的窃喜，大有一种"有朋自远方来"的幻觉。第二年明治四年（1871）七月，大藏大臣（原外相）伊达宗城在天津与清政府签订了两国修好以及通商条约，此条约于明治六年三月获得批准后，外务大臣副岛种臣访问了北京。副岛种臣自称"我是日本国家元首的代表，所以请允许我用与清朝皇帝对等的礼节谒见"，而且他确实也做到了。副岛种臣还是一个擅长汉诗的文人，他与同样是诗人又是画家的长三洲一同到了北京，并与清朝高官举行了诗文唱和等活动。

这一年，有一位既无国家背景又无通商关系的一介行脚僧第一次踏入北京城。他便是日本佛教的真言宗僧人小栗栖香顶[1]。他时年四十三岁，既精通儒学、佛学，又擅长汉文汉诗。他用了大约一年的时间居住在这座古都之中，来往于寺子屋学习，他是第一个以日本人身份在当地学习北京话的人。在这之前的日本人仅仅学习古典汉文，而俗语的学习也只是被当作学

---

〔1〕 小栗栖香顶（1831—1905），日本净土真宗东本愿寺学者。1873 年到过北京，翌年上五台山，1875 年归国。1876 年到上海，设立上海东本愿寺别院。精通汉语，能用北京话讲经说法。1895 年在东京浅草东本愿寺别院，用北京话向中日甲午战争被俘清兵宣讲真宗教义。

者的业余爱好。唐人屋敷的通事们也只是学习了中国的地理知识以及中国南方的方言而已，几乎无人通晓首都北京的语言。而琉球的通事却早已学习了北京话，这一点与当时的日本形成了鲜明对比。日本外务省于明治九年派留学生中田敬意等到北京学习，在这之前的数年间，外务省虽设立了汉洋语学所，但是一般的学校或私塾几乎没有开设中国语言学课程，所以日本开国后接待东渡来日本的中国外交官或者文人学者时，几乎都是通过笔谈进行的。之后，诸如大使、公使、参事官、以及书记官等（外务省官员中权限小的翻译官和领事另当别论）几乎都学习欧美语言，即便他们是在中国工作，接待中国人时也是使用欧美语言。

对外宣扬欧美万能论，对内自开国以来只重视英语、法语、德语等外语教育，以往所热衷的兰学[1]早已彻底遗忘，而唯独汉学在明治时代尚未废止。关于这一点，需要从思想内容与语言两方面进行思考。江户时代为了顺利推行幕府统治而采用儒学理论，幕末尊王攘夷盛行之时"大义名分"学说也得到了充分的利用。儒教与其说是宗教，倒不如说是实践伦理体系，因为它特有的普遍性与模糊意义，任何阶层都可以找到一定的解释方法为其所用。另外，尚且没有指导思想的统治者，很容易将其应用于政治，但是也会造成滥用的后果。明治政府虽然

---

[1] 兰学，指的是在江户时代时，经荷兰人传入日本的学术、文化、技术的总称，字面意思为荷兰学术，引申可解释为西洋学术。18—19世纪日本为了掌握西方科学技术，曾经努力学习荷兰语，当时他们把西方科学技术统称为兰学，即日本锁国时代通过荷兰传入的西方科学文化知识叫作兰学。兰学是西方资产阶级的近代科学，它对日本生产力的发展和反封建思想的产生都起过重大作用。

没有以儒教为理论基础，高举的是"文明开化"这一近代化标语，但是他们也清楚地意识到没有必要打破自江户时代延续至今的国内安定秩序。所以将明治维新定义为restoration（复古），或者reformation（改革）皆可，却不能说是一场革命的原因就源于此。

从语言层面分析，汉学通过汉语言、汉字语篇、文章等形式到明治时期依然经久不衰，甚至到了大正、昭和时代依然保持旺盛的生命力，足以能够看清日本过去的历史以及近世的对外交流史。我们必须清楚地认识到，一方面，称为和语的本土日本语具有优雅与灵动的特性，可是单靠这一点并不能完全应对近代日常生活的需要；另外一方面，日本自开国以来开始接受西方哲学与科学技术时，中国的"五口通商"意味着已经开放五大港口吸收西方文化了，并且中国早已拥有自利玛窦以来将近两个多世纪的与欧洲对外交流的历史。正如兰学时代使用汉语词汇学习兰学一样，当西方文化、宗教、制度等传入日本时，汉语新词汇在学习中的应用亦是必然，这是无法避免的事实。在之后的法律、经济、社会等各个部门所使用的的专门术语中，甚至发生了乱用生僻难解的汉字的现象。结果可想而知，只能用限定汉字使用这一机械又缺乏理性的方法，重新整理这类专门术语，可谓大费周折。

明治二十三年（1890），日本确立了立宪制度，加快了近代化国家建设步伐，为充实国力开始策划对外扩张，日中关系也渐渐变得微妙。当时的清政府确实如一棵被蛀空了的老树般轻而易举就能被摧毁，由此日本人产生了错觉，认为日本实力在各方面都优于中国，这不得不说是一种悲哀。日本自身的近代化进程绝不是以匀速前进的，国内仍然存在许多盲点与不足。汉学的地位依然以"文教府"为中心，虽然意识到了象征国家形象的诏书、法律条文中应该使用汉文字，以及日常生活的读写也有使用汉字的必要，但是作为哲学指导思想的儒学虽不至于被弃之如敝屣，但是已经完全失去了在主流文化中的优势地位。尽管如此，第二次世界大战的亚洲，日本在意识形态方面上依然打出儒家思想的招牌，宣扬"东洋和平"——即便真正意义的儒家思想是超国民性的具有普遍意义的思想——实在令人感觉不合时宜。

传统与近代化

　　在讨论某两个家族之间的关系时，总会追溯到其祖先，从头开始说起，但是这样反而会容易被族谱所束缚，导致偏离现实。国与国之间特别是涉及到与思想有关的问题更是如此。由此，我决定重新回顾相对近期发生的历史事件。

　　20 世纪 30 年代末期，日本陷入了所谓的大陆政策的泥潭并且一步步深陷，从侵华战争到太平洋战争，这是一个危难不断加深的时代。当时著名的小说家赛珍珠[1]（Pearl Buck）在美国一家《亚洲》的杂志上连续发表了两封公开信。分别是《致中国民众的一封公开信》与充满讽刺性标题的《日本啊，"谢谢"》。前者是一篇长达 30 多页的长篇作品，日文译本为了通过审查也

---

　　〔1〕 赛珍珠（Pearl S.Buck，1892—1973），美国作家、人权和女权活动家。赛珍珠在中国生活了近 40 年，她把中文称为"第一语言"。创作了描写中国农民生活的长篇小说《大地》，1932 年凭借其小说，获得普利策小说奖，并在 1938 年以此获得美国历史上第二个诺贝尔文学奖。

难免需要避开忌讳字，赛珍珠女士在文中这样写道：

> 你们虽然不会读写，可是在文明方面却优于任何一个国家的人。对待人生的隐忍顺从与通情达理，作为几千年的传统被继承了下来。那种谦恭、欢喜、朴素又不自我的生活态度，正是我无上赞美的地方。……总而言之，为什么你们竟然如此毫无防备呢？你们被统治阶级压榨得几乎一无所有。即便如此，……你们既没有建成完备的海军，也没有一架像样的飞机，甚至连装备都无从谈起。……诚然，新公路是建成了，可是对你们来说却是几乎无用的摆设。……据说孙中山先生的陵墓——是世界上第二大雄伟的陵园建筑，周围建成了美丽的公园与运动场，但跑道上却长满了草。……你们的统治者中大多数在短时间内成为了富豪，最初他们只是一些寡妇、低薪水的牧师、基督教青年会的秘书官，以及一些小商人、普通老百姓家的子女等。他们当中有些人到西方留学，就算是并没学到什么，但他们至少获得了学位证书。……在这之前，他们和你们处于同等的社会地位。在你们的国度没有王侯、贵族的血统。由于自古以来就有纳妾的习惯，所以在每个人的血管里都流淌着强健的农民血液。[1] 在你们的国度并没有生而就被认定是立于人上人地位的统治阶级。在你们的国度就连历代皇帝都是来自于平民。……但是，在此次战争

---

〔1〕 作者的意思乃是纳妾的习俗使得世家大族的血统不再纯正，也使得出生于农民家庭身份卑微的女子为世家大族生出带有农民血统的子女。

中，你们的某些领导者却抛弃了广大民众逃亡了。就连一些医生、护士也扔下了死伤者，争先恐后地逃亡。这比榨取更加可怕。不得不说这是一种人类温情的缺失，在你们的人生态度中总能若隐若现地找到这一特点……令人困惑的是，你们面对领导者却无欲无求。绝对不会像英美等民主主义国家的国民一样要求领导者签署所谓民主主义的空头支票。……但是，你们却面对死亡毫无畏惧，充满自信。在过去的千百年间，面对反复遭受的饥荒、洪水等自然灾害，由于统治者完全束手无策，你们也就习惯了面对死亡。……日本人，丧失人性地屠杀你们。他们在你们认输之前早已认输了吧。……说什么日本人想要极力拯救你们等这类鬼话连篇的谎言，在我看来简直可笑至极。……虽然你们有时也会不得已地随声附和，但是那也是因为在你们内心深处早已深藏始终如一的不屈服的思想。……将来的某一天，你们会用自己的生命建立起真正的中央政府。这必将是一个通过脚踏实地换来的坚不可摧的成果，而且这也是由不断扩大的地方自治政策盛开的民族之花。……

据以上概括得知，即使没有接受读写等所谓的修养教育，汉民族也拥有自身的教养，这并非是一两百年的产物。其中的隐忍顺从及通情达理等"美德"并不仅仅体现在对封建社会统治阶级的逆来顺受方面，即便到了民国，他们对领导者的不作为以及腐败行为也是选择视而不见。民国革命是一场资本主义革命，其中宿命般的埋下了虚伪与不彻底的种子，作为历史进程中必须经历的过程，也是无可奈何的事。正当这朵革命之花朝着畸形的方向开放时，日本发动了侵华战争。对中国民众来说，这是一场又一场的灾难。正如赛珍珠所言，他们被抛弃，又被随意践踏。但是她又补充说"相反这或许也是一剂猛药"。

那时的日本与中国相比，虽然已不再互相影响，但是由于长期侵略战争所导致的领导阶级无气魄、无主见的现象以及民众间幼稚的防卫手段等，其实也只是反映在民族性上的不作为以及机会主义而已。然而这些仿佛直到现在才被发现似的，进入到人们的视野。日本领导者只是提出观念上的口号，民众虽然表面上随声附和，但是内心深处却是在耍小聪明。赛珍珠等人士以旁观者身份冷静地批判了日本发动的这场侵略战争。在《日本啊，"谢谢"》这一封公开信中赛珍珠这样说道：

> 成千上万名学生组成大部队徒步深入到"大后方"。近代中国知识分子连做梦都没有想到，会有如此庞大的力量来到中国西南腹地。……中国可以"感谢"日本。日本人"为了"中国，策划了迄今为止无人所能匹敌的巨大阴谋。……中国的一部分知识分子不仅不理解中国民众，有时甚至还会轻视他们的行为。……近代中国与中国传统思想相遇，将会碰撞出怎样的火花呢？年青的中国一代将近代的思考模式注入古代中国的古典文化当中，进而科学地改变旧习。另一方面，近代中国的变化微妙且深奥。他们意识到曾经不顾一切所吸收的西方文化也有弱点。所以，年青的中国一代开始意识到，中国自古以来经过几个世纪

的实践，已然形成了迄今为止最好的文化基础。于是，在年青的中国人中间，对中国的思想、哲学再一次掀起了新的研究热潮。人生一世，究竟何为人生意义、何为工作价值，对于这些问题，也重新开始了更加严谨的研究。……在这一背景下，真正的中国文化要诞生了。这种文化是指中国古典文化与近代文化精华的真正融合。这是在此之前任何人都没能在中国完成的事情，由于日本人的侵略，中国人终于觉醒并开始了这一伟大实践。……不久，在日本战败必须全面从中国领土撤退的时候，中国各省纷纷涌现出新时代的中国人，他们开始全面恢复国家再建设。结果就是，政治方面自不必说，就连生活、艺术方面所受到的影响也是不可估量。……而且这些中国人认为中国腹地依然安好，同时对战败与战胜等这些不成熟的问题也不屑一顾。而日本人认为，既然是战争，就没有绝对的胜利与绝对的失败。他们早早就寻到了这一根救命稻草，才得以"不失颜面"地从中国全面撤退。

到此，不禁让人联想到《春秋》的笔法，之后的历史事实几乎都如赛珍珠所预测的一样。但是，对我们而言，比起研究预言为何变成事实的问题，更应该像赛珍珠那样，长期居住在中国，研究那些了解这个国家的"人"的人，及其对中国人思维方式的看法等。大抵新兴国家的知识阶层难以避免地都会对本国的后进国民有不恰当的轻视倾向，中国也不可避免地出现了这一现象。比如，当时的中国知识分子在外国人面前，对那些同属中国人的"苦力"并没有表现出同情或者怜悯。他们从学校毕业后选择到近代化设备齐全的大城市工作,厌恶到地方小城市或是农村工作。由于日本发动的侵略战争,他们迫不得已深入西南腹地,在那里他们要面对中国传统文化与近代文明的冲突。诚然,中国存在的传统文化与近代化的矛盾冲突并非孤立的,也并非最近才开始有的。近代,天主教传教士的到来,鸦片战争导致通商口岸的被迫开放等原因,致使西方文化侵入中国,这无疑都对中国近代化进程起到了加速的作用。此类事情早已引起了西方人的关注。基督教传教士 E.R. 休斯通晓中国思想,在其著作《西方文化的中国侵略史》(1937 年)中尝试分析的也是这个问题。另外,日本关东大地震后曾经在东京大学任教的德国经济学家艾米尔·莱德尔,到美国后发表的《变革期的日本》(1938 年)中,试图从日本的角度阐述同样的问题。通过由最了解这个国家的西方人所撰写的书籍,以及赛珍珠女士的公开信,来研究当时中国以及日本人的思维方式,就这一点来说,具有划时代的意义。

关于近代中国在被迫打开国门之前对于西方的态度,((《西方文化的中国侵略史》的作者)E.R. 休斯是这样描述的——"这个世界上无论存在什么样的国家,他们都必须要承认中国天子拥有至高无上的权力,而且外国使节也被认为只不过是前来朝贡的人罢了。最初的中国国内资源丰富,完全可以自给自足,所以即使与外国人进行贸易,对于外国商品,他们也根本不屑一顾。"——事实的确如此,从当时的中国(清朝)政府对西方国家的态度来看,清政府自称为"天朝",把对方国家派来的外来使臣呼之为"夷目"（即野蛮人），甚至在官方文书上也这样记载。E.R. 休斯还认为，表面看来这是受自古以来"中国文物制度"的影响，但其反映的实际正是当时的中国在主观上所认定的自给自足经济的确凿证据。与清政府平行并存的德川幕府采取的政策同样也是以儒教思想为中心，但大部分仅限于思想观念。而幕府末期所倡导的"尊王攘夷[1]"等幼稚的清教主义[2]旗号却给人以完全相反的印象。在中国也有林则徐虎门销烟的爱国举动，但是不久鸦片战争失败后，清政府又被迫支付了大量的赔款。对于和鸦片同样"可怕"的大炮、《圣经》，当时中国人所采取的态度是，只是把它们当作存在于身边的异类而已。而日本人却大量购买大炮，积极研究《圣经》，这至少在时间上两国之间就已经有了很大的差距了。比明治维新早二十年的太平天国运动时期，正是全面学习西方先进技术以及西方思想、宗教的最佳时机。1868 年（日本明治维新的时间）中国第一艘汽船下水，证明当时的中国引进的仅仅止步于看得见的科学技术，对于西方文化背后所蕴含的精神文明的精髓却没有涉及到。之所以形成这样的局面，也可以说是中国传统思想的一种体现。另外，清朝末年堪称极富理性思辩思维的政府官员张之洞提倡的"中学为体，西学为用"的改良主义思想，

---

〔1〕尊王攘夷运动，日本江户时代末期以尊王攘夷为口号的政治运动。当时，幕藩体制危机严重，又面临外来侵略，要求改革幕政的尊王论和主张排斥外夷的攘夷论相结合，形成尊王攘夷运动。

〔2〕清教主义，起源于英国，在北美殖民地得以实践与发展。其因信称义、天职思想、山巅之城等核心理念，虽然构成宗教行为规范要素，却在很大程度上起到了消解禁锢人们思想与行为的主流教会传统的作用，促进了社会世俗化进程。

应该说也是造成这一结果的一方面原因吧。而且"以中国的纲常名教作为决定国家社会命运的根本,西方资本主义国家的近代科学技术只不过是为之服务罢了。"这一具有改良主义的哲学思想,被当时的知识分子阶层奉之为"至理名言",并得到了广泛的支持。虽然当时的康有为、梁启超等进步学者站在世界性高度思考中国的"自强"之策,却不被同时代人所接受。后来的孙中山先生将西方的民主主义思想中国化,积极倡导"三民主义",孙中山先生在实现民主主义革命胜利的过程中,与一些日本热血青年不仅仅在思想上有交流,也得到了他们很大的帮助。

近代日本从中国吸收的并非仅仅是"中国文物制度"。明治初年,通过汉译本学习吸收了大量的西方启蒙著作,之后因为"英学"很快盛行起来,西方著作便无需再重译为汉译本了。而近代以来的"汉学"作为明治官僚的日常教养与写作技巧被保留了下来,换句话说,所谓的汉学,无非是借助汉语这一特定的表达形式让价值观趋同的人们拥有得以抒发胸臆的共同语言,然而就内容而论,事实上汉学并不见有多少思辩哲学的价值。由于当时的日本在军事、物质文化方面越来越优越于中国,而且日本对于本国后代的教育内容也发生了变化,导致"汉文"在文化方面甚至稍显逊色。

第二次世界大战日本惨败,中国也最终"惨胜",之后两国的地位急剧逆转,中华人民共和国的成立,给日本的思想界也带来了相当程度的影响。以阶级斗争为目标的人们自不必说,就连提倡民族运动或者主张单纯社会改良运动的人们,对于一衣带水的中国发生了如此巨大的社会变革都表示刮目相看。对于原本作为对手国的中国人来说，日本人到底如何看待中国，这也是属于日本人自己的内部问题，既然是两个不同的国家，就应该遵循平等互惠的原则处理问题。如今的中国人在政治上是按照明确的指导理论进行实践的，而且在这一理论指导下充满自信大步向前。但是，日本人在政治上却不能说大部分人都是在明确的理论指导下采取实践活动。另外，在思想上，代表现代日本的思想到底是什么这一问题上，尚且存在许多争议。在宗教信仰方面，最初就不是以宗教形式存在的神道另当别论，日本国民对于佛教以及其他宗教形式到底有多少程度的信仰，尚且还是个疑问。从这种状况来看——纵观近代是如此——日本人没有思想根基，于是在文化以及政治方面就会多出几分"事大主义"的危险倾向。在明治初期的文明开化时代，日本人陷入了对西方文化（并非是特定某一个国家）盲目崇拜的境地。这种思想至今仍然存在。另外，在明治末年出现的军国主义、资本主义、社会主义等思想方面也存在很强的事大主义倾向。

在此，我们有必要研究一下成为一门荣耀并作为近代日本统治者的御用学者们。在研究接受"中国文物制度"的儒学者时，毫无疑问首先想到的便是荻生徂徕。现在在一些评书和民间曲调中仍有"徂徕豆腐"这一故事，他的立身出世主义被当作美谈传诵。他在唐样[1]上署名"物徂徕"是当时儒学者的一种

---

〔1〕唐样，又称禅宗样，日本镰仓时代初期与禅宗一起自南宋传至日本的建筑式样。最初只用于禅宗寺院建筑，后来亦用于其他建筑，与和式建筑同为日本建筑的两大主流。

习惯，但是自视甚高的荻生徂徕却说："熊泽（蕃山）〔1〕之知，伊藤（仁斋）〔2〕之行，加之以我之学，则东海始出一圣人。"此番论调听来实在如乡间青年头目之言论，同时足以看出徂徕是何等性格之人。而且他在日本儒学者当中被视为豪放之人。对于朱子学说，起初徂徕心悦诚服，后来却弃之如敝屣。他一边攻击同行伊藤仁斋的言论为胡说八道，一边却对明朝李攀龙崇拜至极，同时又贬低前辈的文章皆是东施效颦之作。荻生徂徕巴结柳泽吉保从而俸禄节节攀升，最高待遇竟达到五百万石，作为学者来说，这已然是最好的了。但临终前他依然狂妄不羁——"海内第一流人物，茂卿将殒命，天为此，使世界银。"那日恰逢天降大雪,他居然能把自然现象与自己相结合，假借"圣人"名义，足以看出荻生徂徕无可救药的以自我为中心，以及从不知满足的立身出世主义。荻生徂徕明明喜好社交，可是在衣食住行方面却过于神经质般的小心翼翼，但凡与养生之道相悖之处断不为之。但是，他却无法控制自己强烈的事业野心与权力欲望，日日功于策略，以至为此殚精竭虑而大限之期提早而至。

荻生徂徕在众多儒学者中也算成绩显著，甚至作为注释学家以及解说家而受备受关注，但是最终结局却落得个仅为岛国一介事大主义者罢了。他不仅分析、批判"圣人"，甚至还

---

〔1〕 熊泽蕃山，日本江户时代前期阳明学派最主要的代表人物。反对佛教、耶稣教，提倡儒学，主张实行仁政。
〔2〕 伊藤仁斋，日本德川时代前期的唯物主义哲学家，古学派之一的古义学派（又称堀川学派）的创立者。

极力打造自我"三等圣人"的形象。另外，荻生徂徕不仅无法从传统地域偏见的"华夷之辩"这一窠臼中摆脱出来，甚至还假装自己是中国人，贬称自己的日本同胞为"东夷"。此种事大主义，也得不到近代具有批判思维的中国人的尊重。另外，再举一个与此相反的实例，中国人将其单独列为《明史》的一个章节记录，也不无道理。时间追溯到明朝洪武年间，日本足利义满[1]将军时期。当时日本为解决国内财政困局而向邻国中国的明朝政府求助。足利义满时代可谓是事大主义盛行的时代，但其中仍不乏有特立独行之人。当时明朝政府刚建国不久，元朝流亡者与日本人一起做海贼，在山东沿海一带抢劫骚扰，给明朝政府造成了极大的困扰。于是明政府派特使到日本，向日本政府提出实施监管的要求，如果不同意便出兵征讨。经过谈判，双方暂时达成谅解，明政府派了八名僧人作为文化使节到达日本，尝试感化热衷佛教的日本人的心灵。但是，在此期间足利义满以日本"征夷将军源义满"的名义擅自向明政府上书，明洪武帝也给日本国王送达了亲笔信，其中表达了对国王以及征夷将军的不满，并通告不日将出兵征讨。当时"日本国王良怀[2]"回信表达了丝毫不承认自己是弱国的一种强硬态度——

---

〔1〕足利义满（1358—1408），日本室町时代第三任将军。曾受明朝封赏，被明朝册封为"日本国王"，并派遣使节献上抓获的倭寇，与明朝正式建立了外交关系。双方签订了《勘合贸易条约》，日本以藩属国的名义对明朝进行朝贡贸易，承认中国为日本的名义宗主国，这一朝贡体制一直延续到1549年。

〔2〕怀良亲王（1329—1383），是日本南北朝时代的一位皇族，也是南朝的重要政治人物。因担任征西将军，亦被尊称为征西将军宫。

臣闻三皇立极，五帝禅宗，惟中华之有主，岂夷狄而无君。乾坤浩荡，非一主之独权，宇宙宽洪，作诸邦以分守。盖天下者，乃天下之天下，非一人之天下也。臣居远弱之倭，褊小之国，城池不满六十，封疆不足三千，尚存知足之心。陛下作中华之主，为万乘之君，城池数千余，封疆百万里，犹有不足之心，常起灭绝之意。……臣闻天朝有兴战之策，小邦亦有御敌之图。论文有孔孟道德之文章，论武有孙吴韬略之兵法。又闻陛下选股肱之将，起精锐之师，来侵臣境。水泽之地，山海之洲，自有其备，岂肯跪途而奉之乎？顺之未必其生，逆之未必其死。相逢贺兰山前，聊以博戏，臣何惧哉。倘君胜臣负，且满上国之意。设臣胜君负，反作小邦之差。自古讲和为上，罢战为强，免生灵之涂炭，拯黎庶之艰辛。特遣使臣，敬叩丹陛，惟上国图之。

读罢回信，明朝皇帝虽龙颜大怒，但是"殷鉴不远"[1]，前朝有蒙古大军东征日本失败的先例，所以最终明政府并没有实施征讨计划。这是中国"正史"中记载的内容，但是正史与史实有时并不相符，而且在无法得知当时事情原委的情况下，我们不能轻易认可某一方态度。但是，至少从这些史料记载可以判断"日本国王良怀"与之前提到的荻生徂徕，两者的态度有着天壤之别。日本王良怀（实际是太宰府征西大将军怀良亲

---

〔1〕殷鉴不远，指殷商子孙应以夏的灭亡为鉴戒。后泛指前人的教训就在眼前。出自《诗经·大雅·荡》。

王的误读）在书信中表明，他认为"孔孟道德之文章"以及"孙吴韬略之兵法"已然成为人类共同的文化遗产，它可以共属于能够将其发扬光大之人。此外，他还主张对待独立国家，应该不分大小强弱，尊重独立国家的主权意识。另外他还劝勉统治者为使人民免受苦难，应该尽量避免战争。这封信从多种角度涉及多种问题，但是我感兴趣的是，单就上述两种观点进行分析，假设写这封信并非只是日本王良怀一时初生牛犊不怕虎的逞强，是否可以作为研究当时日本人思维方式的资料呢。

"深深地扎根于自己的祖国，将祖国视为独一无二的存在，认为个人与祖国的命运牢牢联系在一起乃是宿命，如此这般的民族于现代文明民族中可以说是凤毛麟角。……由于日本的地理以及文化处于孤立状态，致使此种宿命感不断被强化。……在西方，有意识地将家庭理念与国家·民族·领土观念统一起来，也是最近才有的事情。而在日本却恰恰相反，自有历史记载以来，国家领土与国民已经融为一体。"（莱德尔·埃米尔《变革期的日本》，鱼返善雄译，昭和二十年）

据莱德尔所述，当时的中国统治者对内顺应"天道"励精图治，四海之内皆安定，对外却采取消极落后的外交政策。而且这个王朝不可能世代延续，必将会迎来一场革命。由于当时西方资本主义的侵略，加速了封建社会的衰落。而另一方面，日本自始至终乃一封建国家，由于存在民族单一、地理环境狭小的先天不足，反而具有易组织、易统治的优势。民族与王室同为一体，同时完全具备了向近代化社会前进的阶级制度、强有力的军事力量、官僚体系等条件。而且，还具备了所谓的忠义之心——对君主的绝对服从以及对父母亲的绝对信赖。

中国的批评家对于这种说法持有不同看法。例如胡适先生针对莱德尔的言论便提出了反驳。胡适先生引用"文化的边陲残滞现象"理论进而指出：在中国遵循客观发展规律及创新原则所取得的成果，在日本被有意识地、刻意地保存了下来，所以其变化与衰退就明显推迟了，也即是所谓的日本文化的安定性。德川幕府时代的日本可以说在精神文化的层面依然处于受中国影响的状态，所以历经二百六十余年沉淀的文化残存了下来。这一主张主要强调了中国文化在亚洲的先进性，但也忽略了亚洲其他国家与民族表现在文化创造方面强韧的个性与主动性。因此也不等于说日本人完全坐享了外国人所建立的一套文化理论体系。

概括一个国家的国民思想以及对外来文化的反响等问题是件困难的事情。但是，我认为至少可以断言一件事实，那就是如果某一普遍性真理被认定为只是属于一个民族或者一个地域而固守不变的话，真正意义上的文化平等只能说是一个美丽的谎言。德川时代的日本儒学者们就是最好的例证，他们毫无例外地受到了中国文物制度（华夷之辩）的影响。古代日本人将中国的文化、艺术、社会制度等作为典范加以吸收利用，这一态度说明日本人有很多想法，至少不只是单纯的崇拜。因为当时的日本人已经拥有完备的中央集权国家机构，所以并非仅仅如局限于"华夷之辩"思想的人们所认为的，当时的日本人是一群野蛮未开化的人。关于家族体制以及社会道义等方面，应该说也已经进化发展到一定程度了。他们想借用中国模式，正是因为他们将中国文化视为普遍性真理的原因。翻开《宪法十七条》，就会发现它完全采用了印度式以及中国式的东西，但是从整体而言又给人一种本土化的柔和、纯净的感觉。如果持有这种纯粹的态度，以及依据毫无成见的判断标准的话，就会从政治体制完全不同的现代国家学习到正确的思考方式，并且能够从中保持和谐。

中国古典与现代人

"托您的福，毕业论文总算完成了，我准备明天提交给您……"

作为大学生的她一边这样说着，一边从包里取出了两百张400字的原稿。想来日子过得真快，她参加如今就读的中国文学专业的入学考试已然是三年前夏天的事了。在此之前，她只是一个专科在校学生，因机缘巧合她结识了中国人，所以对学习中国文化的愿望也变得非常强烈。在与她偶然交谈的过程中，我看出了她坚定的决心，所以提醒她不要因为仅仅参加了不正规的讲习会就沾沾自喜，并给她介绍了最近一些新型大学所开设的中国文化研究课程，以及之前就具有良好口碑的中文夜校。

她真的很认真地学了起来。对于中国古代书籍的研究，就算是国立大学的男学生都会感到厌烦，但她却努力地坚持了下来。她用女性特有的第六感从一般人注意不到的角度一针见血地加以评价，常常令我惊讶。因为她是在这个具有悠久传统的学校里读书，这样一直努力下去的话，一定能以独创的方式去充分解读任何一本中国古典书籍。

但是，在她的论文里却几乎没有涉及古典的内容，主要是以现代小说和国内外学者的中国文化评论为资料，进而评论其民族性。当然，这也有其研究的价值，内容也相当的丰富扎实，所以我也没有吝啬地评分。不过令人不解的是，她总是废寝忘食地参加这种古典文学的研讨会以及特别课程，为何没有将其作为毕业论文的选题呢。

在交谈的过程中，她委婉地说道："最近，我听了一门关于《楚辞》的课，这位老师把今年某某文库出版的译注本当作了课本。书的封面上写着'译注楚辞，某某译注'，本以为书中一定会有优美的译文和恰到好处的注释，可是读过之后，感觉无比失望。所谓的翻译只是自以为是地把古汉语按照日语的语序读了下来。注释还是文言文体的，用的也是之乎者也这样的词。上这样的课真是毫无价值，令人遗憾。"

对此我也十分惊讶，某某文库出版的古典文学皆是由国立大学的老师编撰而成，或者由某些专门研究学问的非在职权威学者们将不同版本的作品进行比较著成的，翻译和注释都是十二分的慎重。所以不少大学老师对这些作品也是无条件的信任，并将其作为教科书使用。作为昭和三十二年（1957）的出版物，若还用文言文体来注释，即便是喜欢"虚张声势"的"老学究"也略显不合时宜吧。

我到住所附件的书店，花了120日元买了那本书才解开了我的疑惑。的确，某某文库的这本书确实是昭和三十二年出版的。不过，这已经是第八次印刷了。而第一次印刷竟然是战前的昭和十年（1935）。在二十二年前的日本，汉学家用文言文去注释的确可以理解。所以作者（译者？）并没有错。可以说有问题的是出版社落后的思想，只要有销量他们就一直用初版的原样进行印刷、销售。不，与其说是思想落后，倒不如说是被利润至上的商业主义冲昏了头脑。说起来这本书的腰封也是相当瞧不起人——上面写着"投身汨罗江的诗人屈原著作《离骚》诗二十五篇，披露屈原被毁谤，仕途不顺的种种愁苦之情"，这仅仅是一则广告词而已。既然标榜是"译注"，就应该突出翻译、注释的特色。就算无法把握这一点，起码也应该避免使用"披露"这样生僻的汉字来作为广告用语。如此这般，不得不说这只是商家为了博取读者的眼球而已。难怪这个细心的女大学生会说它令人遗憾了，我也深有同感。

"在读古典书籍吗？"要回答这一问题，若仅仅询问读者一方的情况不免有失偏颇。更重要的是必须清楚这一问题的问法是否合理。如今日本人能够阅读的究竟有哪些类型的中国古典书籍。明治大正年间流行的丛书和单行本，现在只能偶尔在旧书店见得到。就算在大学的研究室，因为是新型大学，这样古老的书籍大概也不会齐全。当时学习汉语的学生必备参考书《汉文大系》和《汉籍国字解全书》，如今也很难见到了。价格贵到离谱，学生自不必说，就连老师也买不起。《国译汉文大成》因为战后有过再版，所以有些可以买得到，但想要集齐全集就要支付不菲的费用了。另外，像《有朋堂文库》和《详解全译汉文丛书》这样的书籍，也有热心读者到旧书店求购，但残存的数量已经无法作为普通参考书分享给读者了。

以现代"文库本"的形式收录中国古典作品较多的是《岩波文库》，但书名并没有形成系统，无法确定作者是谁的情况也很多（也许是派系的关系吧）。虽然我没有调查过其他国家古典文学的状况，但关于中国的古典书籍，我需要强调的是《岩波文库》的内容并没有跟上新时代的需求。这个出版社所谓的"新书"中有《诗经》和《唐诗选集》这类的文学书籍，以及与中国历史有关的读物。它们凭借便宜的价格和"时兴的解说"一度成为畅销书籍，但它们并非是全译本，也不是学术上研究价值很高的书籍。最近出版的《中国诗人选集》也一样，若将其定义为"一种产生于勾兑文化状态下的混成产品"的话虽然一目了然，但是用深受现代日本读者欢迎的"时兴的解说"方式，究竟能传递给读者多少中国文学的精髓，特别是究竟是否能传达每一位作家的思想深度，还是一个疑问。

为了让日本人能够真正地理解并欣赏中国古典文学，必须思考一些历史性的问题。因为我们的民族第一次接触中国文献是在一千几百年前，那时所产生的自卑感或者说事大主义的心态，可以说至今仍然没有消除。当时王仁从所谓的发达国家朝鲜引进了《千字文》一卷和《论语》十卷时，日本人一定被芝麻粒大小的汉字——袖珍的方块表意文字——给震慑住了。首先从发音来说，中文只要看一遍，把单音节的字念出来就可以了，而我们则需要两遍两遍地将复合音节的词念出来，然后才能和声调配合起来。到了奈良时期，除儒家典籍以外，其他有关文学的书籍和历史文献也传入日本，比如说手抄本《游仙窟》

中所记录的——"巌"字的右边用假名标注着"イハオ",左边用假名标注为"ミネ";"半"字的右边用假名标记为"オカバノ",左边用假名标记为"カタカクノ",——读起来都是将中文写在中间,把我们的文字标注在旁的形式。另外,将"眇邈"读成"ビョウバク与はるかなる"的方式——与把"優"读成"やさしき",把"二度"读成"ふたたび"相同——叙述同一个事物却使用两个国家的词语,放到现代来说如同"thankyou 和ありがとう","bye—bye 和さようなら"般崇洋媚外。

如这种慢吞吞的阅读方式,即便是无所事事的古代贵族或是僧人,久而久之也会厌烦。但不幸中的万幸,日本人发明了称为汉文训读的独特阅读方法。汉文训读在"乎古止点"出现之前就已经开始使用,它是从多种便利的阅读手段中高度概括并且体系化的一种阅读方式。也即是历经那种"ビョウバク"与"はるかなる"式的追求原文注释的方法,以及如"コレヲ知ルヲコレヲ知ルトナシ……"等机械式的将汉语日本化的方法,又经过"乎古止点"这种简便的图示化阅读方法,最终进化成了假名训注这一阅读方式。使用"乎古止点"这一阅读方式的最初目的就是为了不破坏宝贵的原著文本内容,虽然在态度上也是一种事大主义的表现,又缺乏自主性,但在当时也着实无奈。之后,特别是江户时期假名训读符号被广泛地印刷使用,并取得了进一步发展,但依然存在无意识的事大主义倾向,从真正的国语这一角度来看,仍然缺乏自主性。

但是,由于用假名训读符号标注的古汉语训读读物在日本全国流通，所以不仅学者和官吏使用此阅读方法，而且在平民百姓的生活中也广泛流传。由此可见，使用汉文训读法的"古汉语训读文"（或是按照日语语序书写的古汉语）已经成为了日本人日常使用的通用语言的主要组成部分，甚至时常会产生错觉，认为这些原本就是日语的固有词汇。所以，明治革新政府在编撰文章风格的书籍方面，不参照西方模式，而是采用"汉字"，也是水到渠成的事了。虽然在明治三年的插图歌曲集《汉语都都逸[1]》中记载着像"待てば甘露の日和とやらで、いつか有為之時が来る"（天晴之日自然到，有为之时终会到。）这样的固定诗歌形式，但直到德川封建政府时期才把汉文字、汉语普及至全国，如今又通过帝国政府的文部省这一实力主办方进一步强力地推进了其发展。不过，在明治时期除了部分学者以外，已经很少有人不使用假名与汉文字混用的书写形式了。使用汉字与假名混用的方式撰写"古汉语训读文"，抑或是使用汉文字阅读"古汉语训读文"样式的文言文体，已经成为当时有涵养的文化人的文学习惯了。当时，汉字被称为"繁体字"，若是在作文中能尽可能多地使用繁体字撰写，就能得到老师的夸奖，这便是那个时代的特征。

明治时代的这种对汉字无意识的事大主义，延续到了大正年间，直至昭和时期都一直保留着。

蕾薇の花は頭に咲て活人は画となる世の中、独り

---

〔1〕都都逸，大约产生在日本文政末年到天保初年的时候，其形式流传到当代。大多描写恋爱感情，不过反映战争等时事的也并不新奇，也有借此发表大众媒体意见的先例。

文章而已は黴の生えた陳奮翰の四角張りに頬返し付けか
ね、又は舌足らずの物言を学びて口に涎を流すは拙し。
是はどうでも言文一途の事だと思い立ては矢も楯もな
く……

在这个将蔷薇花做头饰，活成画中人的时代里，唯有
文言文依旧因循守旧，故步自封，不作改革。而那些鹦鹉
学舌般使用不通顺的口语之人也同样不高明。所以我迫不
及待地想要提出文言体与口语体并用的想法……

这篇《浮云》的作者二叶亭四迷先生在文中将"のみ"用
汉字"而已"代替假名的形式进行表达，也是一种事大主义的
表现。另外，大正时期的著名作家芥川龙之介以唐代同名故事
《杜子春》为原型，稍做加工进行再创作，便幸运地成为再创
作的先驱者。在他的《中国游记》中类似下文的对偶句式随处
可见：

先生の邸を辞し、歩して東単牌楼のホテルへ向へば、
微風、並木の合歓花を吹き、斜陽、僕の支那服を照らす。
从老师的府邸告辞，朝着东单牌楼的旅馆走去，微风，
吹着路旁的合欢花；斜阳，照着我身上的中国服装。

佐藤春夫说："从明治末年到大正初期，在日本文坛中对
中国文化多少持有些兴趣的，似乎就只有亡友芥川龙之介和自
己了。……喜爱中国文化是我无上的幸运。或许是没人做过这

么愚蠢的事，而幸运的是，由于我学艺不精便参照了几份英译本，于是便在将中文译为日语时增添了几分新意。不，也许是因为读者不知道的东西太多了。但无论如何是因为被博大精深的中国文化所吸引，才乐意读我这本无聊至极的书。我听说居然因此还有人立志要研究中国文学，不知是否属实。……当然那时我国并非没有优秀的中国文学研究者。只是那些教授们的研究太过于高深了，对于已经对中国失去兴趣的青少年们来说是与中国古典完全隔绝了。"（《唐物因缘》）

在佐藤春夫等人尝试重新唤起中国文学潮流的时代，学院派的古汉语学者已经逐渐隐退。像盐谷温[1]这样血气方刚的中国文学研究学者，在此之前一直都在内阁文库里研究着那些落满灰尘的古代从中国传入的小说。在同时代的民间，与以往的汉学者截然不同的是，研究领域广泛的幸田露伴在平冈龙城[2]的帮助下着手研究了《水浒传》和《红楼梦》的译本。盐谷温等人的研究风格与迄今为止的汉学者们相比，绝不能称之为"高深莫测"，特别是发掘明朝时期的白话短篇小说，解读元朝时期的戏曲，整理唐朝时期的文言文小说等，在当时的学界堪称是先驱者式的业绩。但就发表的方法而言，或许因其是属于半学院派丛书《国译汉文大成》的一部分，又或许因为是写真版而限量发行的原因，正如佐藤春夫所言："当时的日

---

〔1〕 盐谷温（1878—1962），日本著名的中国学家、中国俗文学研究的开创者之一。他出生于学术世家，祖上三代都是汉学家。先后编著出版了《中国文学概论讲话》《唐宋八大家文新钞》《中国小说研究》等大量关于中国文学的书籍。

〔2〕 平冈龙城（1880—1945），日本小说家。他是日本最早完整翻译《红楼梦》的译者。

本青少年与中国古典完全隔绝了。"

　　即使盐谷、幸田、平冈等人的著作能像佐藤或芥川的作品一样，经过简单包装成近代作品后出版发行，但仅从此方法来看恐怕想要普及也是很困难的。因为这至少已经是江户中期以后的传统现象了，在过去，所谓的"译"不是现代我们所说的"翻译"，当时的"译"只是在古汉语的原文中加上读音顺序符号、假名，在难以理解的地方注上假名而已。虽然古书目录上署名"某某译"，但是真正阅读起来才发现只是汉文训读而已。即使偶尔看到写着假名的日语文字，仔细研究就会发现它们也只是借助读音顺序符号与假名的训读而写成的"古汉语训读文"。所以类似这样的著述，也有作者自己将其称为"某某训译"。其中，龙平冈城训译的《水浒传》和《红楼梦》可谓力作，是迄今为止在古汉语训读文式的训读领域无人匹敌。比如将《红楼梦》中的一段原文训译为："這日一早く起来、纔と梳洗完畢って賈母に回てて秦鐘を望候に去んと其意うて居ると、忽見ど茗烟が二門の照壁の間で頭を探し脳を縮めて居る。……"（这日一早起来才梳洗完毕，意欲回了贾母去望候秦钟，忽见茗烟在二门照壁前探头缩脑。……）译文已然变成口语体了。但译文整体上仍然以原文为主，尽最大限度地保留汉字，在此基础上适当地加上日语。这不仅是翻译，同时还用上了训读和语注，真可谓是复杂精湛的创作方法。如果作品仅仅是面向当时认同这份良苦用心的极少数读者也就罢了，但作为面向普通大众的作品，即使是在大正年间也无法达到这样的高度吧。

与平冈龙城同时代的柴田天马也是因为运用这样的翻译方法而被世人熟知。柴田天马用了数十年的时间翻译研究《聊斋志异》，并将此作为毕生事业倾注了一生的心血。幸好战后柴田仍身体健康，文坛与出版社的熟人也很多，因此出版了十册精致的大众读物，甚至还出版了大型的特别精装本，获得了出版文化奖。但在战前大多数专家并不知道他的作品。他的译文水平与平冈龙城不相上下，例如将《聊斋志异》中的某一段译为："妾あなたと従_{いっしょ}になってから 数載_{なんねん}かの間、未嘗_{まだ}すこしも 失 徳_{ふつがふ}なことはありませんのに今の置_{このごろ しむけ}は、 不 以人歯_{ひとあつかひぢやない}んです、請ぞ 離 婚書_{どう きりじやう く}を賜さいまし。……といって、泣下_{なく}のであった。"（妻涕曰："妾嫁与相公数载，从未失德，可是相公今日之决定实在令妾难以启齿，不如赐妾一纸休书"……）这篇译文与其说是尽量保留原文的文字，倒不如说想方设法让读者理解原文所对应的日语是什么。把"従"读成"いっしょになる"，"数载"读成"なんねん"，"未嘗"读成"まだ"，按照日语的原则是行不通的。把"不以人齿"读为"ひとあつかいじゃない"，后面再加上日语作为语气强调的拨音"ん"用于表现言之切情之挚，从国语国字规则的角度看亦不成立。但作为译者柴田天马来说，如此"含蓄"的语句——译者用心良苦地想让读者理解的语句——若不依据原文就能理解的话，实在违背了译者的意图。据说柴田天马曾经一开始准备写全日语的文稿，但因为效果差强人意所以又决定留下汉字。

　　柴田天马与平冈龙城终其一生从事中国文学翻译事业却不计回报，对于他们的思想，我们也深有体会。而且，喜欢这种译文形式的读者也不在少数，因为以往人们仅仅是学习死板的阅读汉文的训读方式，而这种翻译方式既打破了常规又恰到好处，因此大受欢迎。但是，这已然变成了昔日的里程碑。对于将来的日语文章而言，我想这种形式是行不通的。把平冈龙城或柴田天马称之为"无意识的事大主义者"并不恰当。他们只是因为打心眼儿里喜爱中国文学，才如此狂热地研究中国文学。他们是一群单纯的人，会因为偶然间找到了满意的译词而无法抑制内心的喜悦。平冈龙城晚年时期，我经常与他呆在一处，同时我也与柴田天马有过交谈，着实感觉他们是可爱之人。因为得知松枝茂夫等后继译者充分理解与尊重他们的业绩，并继承了他们的事业，就更加懂得他们的伟大了。

但重点是今后的事。如今的状况是，汉字被无限制地使用甚至胡乱挪用，即使只是为了追求翻译技巧，随意地保留原文的汉字并标注假名也是不可行的。如果从根本上考虑日语的自主性，那么随意使用中文词汇更是绝对不行的。当然，作为外来语或者引用语时例外。但如果只是因为字体优雅，或者只是为了让读者体味译文的独特，而把原文中的汉字原封不动地印刷出来，如此方法并不可取。这样的出版物也就无法普及到一般民众中间。现在战后接受新式教育的年轻一代，本来对日语中出现的汉字学习就有负担，现在又让他们理解中国古典、俗语的用法更是难上加难。

当然，这回碰到一个很大的问题。观察最近出版的关于中国古典的书籍可以发现，除了那些专门供专家学者和专业学生使用的书籍以外，一般意义上的知识类书籍或者趣味丛书也都印有中文的原文，这是为什么呢？那些以"原文对译"而受欢迎的学习参考书，是为了满足研究古汉语原文需要的专业研究书籍，而并非属于此类专业书籍的竟然也有类似现象——如果不一一印上艰涩难懂的古汉语，就满足不了读者要求，这种现状实在棘手。况且，这还会大幅度提高印刷成本。在日本因为还有"旧字体"和"当用汉字"〔1〕以外的活字，所以印刷不成问题，但如果是西方的印刷厂就会变得很麻烦。所以在西方，不论是《诗经》还是《论语》都只有横写的译文，古汉语是不印刷的，不论是"牛津经典"还是在"现代图书馆"都没有汉英对照版本。只有日本人保留了《诗经》《论语》，以及其他作品的部分原文，并把原文作为中心，而日语则被当作附属品对待。比如李白或者杜甫的诗，如果没有原文就无法理解诗意。不仅如此，在某些新期刊上日语译文已经到了可有可无的程度。这种做法实际上是用文言文式的"古汉语训读文"充当"译文"，用简单的"口语体"译法蒙混过关。

诗歌的翻译确实不是一件容易的事。古希腊罗马的诗歌自不必说，就连近代西方诸国的诗歌译文也都是单纯以日语的形式出现的。而印度、波斯的诗歌就算想加上原文也不会被印刷。另外，朝鲜、印度尼西亚的民谣就算加上原文，又能读出多少原有的诗歌意境呢？如此看来，中国的诗歌与文章也无需刻意

---

〔1〕 当用汉字，日本的国语实施措施之一。《当用汉字》主要是由汉字中使用率高的字所构成，作为公文和媒体等等文字的表示范围之用。同时，部分笔划复杂的传统汉字，也尝试由一般文献记载使用、笔划简化的"略字"所取代。《当用汉字表》公布的1850个汉字，为现代日本国语中日常使用的汉字书写范围。

加上原文。可是现在的日本民众普遍认为中国文学就是要加上原文的。但即使加上了原文，由于汉字的含义在古代与现代，中国与日本之间仍存在诸多不同，所以非专业人士很难通过区分两者的不同从而研究鉴赏诗歌，其结果那只能是一种意境的点缀罢了。就像最近的女孩子喜欢随意佩戴耳环一样，人们的目光因被耳环吸引，就很难注意到她的眼睛和嘴巴，从而导致关键的内容含义会被随意模糊掉。

今后翻译中国诗集和文章的人要想翻译出与原文中的汉字相匹敌的日语，必须要严格修炼自己的日语水平，不能有只要提供原文，译文便可随意糊弄了事的心态。但是要做到译文即使脱离原文，还能保持诗歌本身应有的风格并且不失其涵义，还需要付出极大的心血与努力。这绝非是仅靠大出版社做一个自以为是的广告就能解决的问题。翻译散文也一样，绝不能敷衍了事，要达到即使不印原文随时对照译文与原文也十分通达的效果。深厚的语言学功底和练达的文学水平离不开坚持不懈的日常修炼。译文要能够把原文栩栩如生地展现出来，才能被称之为一个独立作品。

虽然简单地概括为"中国古典"，但其形式是多种多样的，而且涵盖了从周朝到清朝的两千多年的时间。其中古代的东西我们已经以"古汉语"的形式学习了，但古汉语不只是古代才有，近代、现代也有丰富的古汉语资料。所以，如果认为只有唐诗才是古汉语那就大错特错了，无论是明清历史，或是现代外交文书，还是个人传记，甚至是朋友间的书信，几乎都是用古汉语书写的。虽然鲁迅先生被称为现代文学之父，但想要读懂他的书信，没有古汉语的知识储备是绝对不行的。他的小说或者评论也一样。

同时，所谓的口语体也并非现代才出现的。元明清时期自不必说，远及唐末五代时期的"变文"，宋朝的评书、词等，或多或少都出现过口语体的形式。中国古典文学涉及文言文（古汉语）与口语体（白话文）两方面，而且存在形式多种多样。

虽说是古典文学，但因为中国"文学"的范畴与其他国家不同，所以在丛书的编纂方面也会产生许多问题。若按照旧中国的分类方法，书籍主要分为《经》《史》《子》《集》四大类，由官方编纂出版，主要作为学者和官僚使用的典籍。另外还有许多民间的通俗文学，以及非文学类的书籍等。《四书》《五经》《史记》这类经典著作与"诸子百家"的书，以及各学派的诗文集等，在日本已经成为学校古汉语教育的内容。《三国演义》《水浒传》《金瓶梅》《西游记》《红楼梦》等经典著作经由江户中期以后的文人墨客之手将中国传统文化继承并流传至今。

尤其是近几年，出现了日本大众小说家再创作中国白话文学的现象。吉川英治[1]的《三国志》和《新水浒传》就是其中的典型代表。经由这些作家再创作后的中国大众小说加入了某些日本元素，而且精彩地再现了故事场景，因而比起纯粹的翻译更能达到吸引读者的效果。但即便如此，也不能任由小说家改写原著，还是需要忠实于原著，适时加入恰当注释的全译

---

〔1〕 吉川英治（1892—1962），被誉为日本"国民作家"，或称"百万人的文学"。

本，只有这样才能让读者全面地、正确地理解原著。

但是中国大众文学有两大共通的问题：墨守成规与琐碎主义（比如用大量笔墨记述吃饭吃什么、吃多少等这样与小说主题无关的琐碎事）。这或许是成为完成全译本的一大障碍。不论是《水浒传》还是《西游记》，到底能有多少读者能通读并且读懂全译本，还是一大疑问。所以，适当地缩减原文，将其再创作成为一册或是两册也是非常有必要的。

纵观最近出版界的动向，都是依靠团队创作、编纂。能够在短时间内出版大量的丛书和全集，并且依靠大规模的宣传来提高销量。但中国文学和其他国家文学不一样，由于还没有一本完善的辞典，所以出版社的这种商业模式虽然声势浩大，但收益却寥寥无几。就连集合了许多高水平学者翻译出版的现代中国文学选集也仅有一万多册的销量。由此可见，大规模地出版中国古典文学作品对于出版社来说，不仅风险大，还要花费很长的制作时间。

不分青红皂白地胡乱翻译原本就包涵许多极具个性作品的中国古典文学，必然会在内容方面出现许多问题。因为很多译者在日语表达方面并不一定具备相当深厚的功底，或者语言学专业知识储备也并不够，所以就把之前已经发行的全集，比如《国译汉文大成》，或者是《中国文学大观》（语言学观点略有欠缺）等书籍作为蓝本，而且还会随意引用最近某些出版物中的译文，想方设法地使译文合乎逻辑。通过这样的方式最终强行发行的刊物，反而会使中国古典文学的声誉下滑。

为了能让日本读者更好地接受诸多极具个性的中国古典作

品，不能只依靠高销量的全集本或是分派系的文库本，更需要依靠常年从事中国古典文学研究工作的学者一本一本的力作，即使数量很少却能达到最佳效果。例如目加田诚的《诗经》、青木正儿的《楚辞》、土岐善麿的《唐诗》、吉川幸次郎的《元曲》等。希望今后能够有更多热衷于中国古典文学研究的学者参与其中。若是由一群不懂中国古典文学的人凑在一起完成的"批量生产"，即使仅作为媒体的宣传手段也毫无信誉可言。

孔子与论语

　　汉民族喜欢四这个数字，所以在文学作品中有"四大名著"，在思想、道德方面的古典名著中也有被称为"四书"的经典书籍。四书之一的《论语》不但对社会道德起到规范作用，对于个人修养也具有很大的指导意义，故在中国之外的东亚诸国也广为流传。不仅如此，最近孔子的名言还被西方人以《孔子语录》之名制作成文库本收录。诚然，《论语》中有很多触及人类本性的观点，对汉代以后的中国教育产生了极大的影响。但另一方面，封建统治阶级常利用《论语》给被统治的人民套上精神枷锁以维护他们的统治地位，这一点也不容忽视。因此实行共和制以后的中国，一段时间内领导阶层之所以对于孔子学说避之若浼，或许也是因为有这样一层原因吧。然而，毕竟他们也身为汉人，故而无法逃开《论语》及其他儒家文献中所包含的普遍真理所带来的影响，甚至在无意识中用孔子的口吻来教育别人也不足为奇。

《水浒传》等四大名著在旧中国一直被当作是大众通俗文学，地位较低，难以引入学堂。而今，《水浒传》已然被奉为革命文学的代表，备受瞩目。最近的研究学者中也有人——比如说芝加哥大学的顾立雅（H.G.Cree）[1]教授——认为孔子也是一位伟大的革命家。他认为，孔子既非所谓的保守反动派，也不是一个想给别人的思想和行为套上紧箍的严格主义者。而是顺应每个人的境遇，试图以灵活的思路来谋划社会与政治改革的革命家。另外，赛珍珠女士也认为："孔子并非那种顽固的圣人，反之他是一个具有独创精神的、勇敢的、革新的、属于近代人物的一个人。他不像那些小人物一样只关心自己一个民族的事，他心怀天下，关心的是全人类。"

　　即便如此，孔子的思想在历经两千年之后仍未被世人全部理解，甚至还有许多误解一直留存至今。从日本人的角度来看，他们对孔子产生误解的原因与中国人和西方人有些许不同。从根本上来说，日本人既没有汉民族的那种"现实性"，也没有西方诸国的"宗教性"。承蒙大自然恩惠，日本山环水绕，气候温暖，而生活在这个鸟兽温和，草木丰茂的岛国上的日本民族，无法深刻体会到"人际关系大于天"的汉民族生活，也无法体会到因为人与神的关系就能引发十年百年战争的西方诸民族的生活是什么样的。《圣经》中为何有那么根深蒂固的民族仇恨以及那么多的大规模民族迁徙？《论语》中又为何有如此

---

　　〔1〕顾立雅（Herrlee Glessner Creel，1905—1994），西方著名的汉学家，同时也是孔子研究的权威。曾著有《孔子与中国之道》《孔子真面目》《从孔夫子到毛泽东的中国思想》《传说中之孔子》多书。

多的政治言论？"现实性"和"宗教性"自然不是这些民族的固有属性，或许是经过漫长岁月的生活变迁衍生出的现象，但对于日本人来说多少有些难以理解。

其实，不仅对孔子，日本民族对汉民族的其他思想家的言论也不能完全理解，导致误解的原因在于他们不理解汉文字的特性。日本人借用并习惯了汉字的使用，反而加深了其理解汉字本质和古汉文性格的难度。他们无法理解汉字不过是单词的象征（譬如"文"象征着学问），古汉文不过是一种隐喻信息（如电报等）。古汉文中的"礼"多表示仪式和规律，但日本人却认为"礼"是礼仪和谢礼的意思。汉字的"忠"表示真心，日本人却只单一解释为"忠君爱国"，就此埋下了重大误解的种子。旧时代一些汉学素养很高的日本人能把很多的汉文例文归纳起来以求掌握其正确意思，但对于现代日本人来说未免强人所难。古汉文原本就是一种比拉丁语简洁并且富含隐喻的特殊符号体系，所以就算同为汉字，也无法用现代中文或者日本的汉字去理解。这和无法同时学习拉丁语与英语是同一道理，但有一部分眼界狭隘的汉学者和汉语学者却硬要将它们相提并论。

对于日语的印象，呆板生硬自不用提，但凡是能察觉到口语与书面语差异的人，就绝不会认为可以把汉文直接变换成日文。然而，实际上这种现象却比比皆是。比如当看到"孝弟モノハソレ仁ノ本タルカ"（孝悌为仁之本）这句话时，日本国民估计大多不明其意。就算是写成"孝弟ということが仁の根本でしょうね"，也不过是单词词形的转换，人们对于文中的内涵还是无法理解。可如果解释为"すなおということが人の

道のはじまりだな"（善良是做人的根本），就谁都能理解了吧。将艰涩难懂的句子随意直译是旧时代学者的坏习惯，这不仅不民主，还十分具有危险性。孔子也厌恶这种语言上的糊弄态度。他在《论语》中曾明确地表达了"言贵明"，也教导我们"知之为知之，不知为不知，是知也"。对于自己一知半解的，虽然知道却无法很好表达出来的情况下，还是不要胡乱使用古文为好。纵观《论语》，也没有哪个部分是无法用常用汉字表达的。"仁·义·礼·智·信"属于专业术语，因此无法译成日语的想法，不过是无法抛弃特权意识的学者的自以为是罢了。

由于《论语》是孔子死后其门人以及后来的门人整理编撰而成的笔记式书物，并非一篇连贯的论文，所以其内容给人一种似成一体却又驳杂的感觉。囫囵吞枣式的阅读方式无法抓住文章的中心思想，就算极普通的一句话也须几番吟味才能理解其中真意。汉民族的经济观念甚至影响到了他们的语言，故而他们的言论和文章皆以简洁著称。此外，由于古代用来书写的器具和材料并不完备，大多文书都只能止笔于"核心要领"，因此若想要了解当时的创作背景，就只能从字里行间去寻找。曾有很多人尝试将《论语》的内容进行直截了当的分类，然而无一不是不了了之。我在之前连续做了六天节目嘉宾的时候，曾把《论语》分为"学问与学者""政治与官吏""境遇与生活""言论与交际""文化与礼仪""人生与命运"六大项。但这绝不是唯一分类方法，角度不同，目的不同，分类方法也可以多种多样。在此以普及教育，特别是小学教育的情况为例，来讲一讲应该如何把握《论语》的内容。

不论是从年龄还是从人生经验上来看，无论是多么经典的原著，给小学生讲那些政治理论以及高深的人生理论都是不合适的。以孔子为首的儒家思想家们的人生信条是"修身·齐家·治国·平天下"，但那大概是出于政治目标的思想。中国历代的读书人也好，平民中的优秀人才也罢，都以"扬名立万，光宗耀祖"当作自己的人生目标，这种出世主义与现代的民主主义理想可谓相去甚远。其实孔子自身也曾警戒世人不要总想着扬名立万，现代社会更是要求人们要具有寻常人——即作为一个善良公民的能力与德行，而非是站在别人的头上做"人上人"。在这层意义上，如果把下面这些《论语》中所讲述的故事教给我们的孩子们的话，应该能让日本民族更加温文尔雅吧——

"达巷的人说：孔子太伟大了！他博闻多学，但是却没有使他成名的专长。孔子听说这件事，告诉自己的学生说：我拿什么成名呢？赶车吗？射箭吗？我赶马车好了。"〔1〕（达巷党人曰：大哉孔子！博学而无所成名。子闻之，谓门弟子曰：吾何执？执御乎？执射乎？吾执御矣。）

"教育面前人人平等，不管什么人都可以受到教育。"（有教无类。）

"有修养有素质的人不要为他人不了解赏识自己而苦恼生气，最关键的是自己要有能力。"（君子病无能焉，不病人之不己知也。）

"不怕没有官职地位，就怕自己没有立身的才学与本领。

---

〔1〕孔子幼时父亲早死，青少年时代生活穷困，曾干过不少杂活，其中以驾车为首，掌握了不少职业的技能。

不怕没有人知道自己，只求自己成为有真才实学，值得别人知道的人。"（不患无位，患所以立。不患莫己知，求为可知也。）

"千里马值得称赞的不是它的气力，而是他的品德。"（骥不称其力，称其德也。）

"每天吃粗粮，喝冷水，弯着胳膊做枕头，也是乐在其中的。那些不义之财，在我看来就像浮云一样。"（饭疏食饮水，曲肱而枕之，乐亦在其中矣。不义而富且贵，于我如浮云。）

"没有仁德的人无法忍受长久的穷困，也无法长久地处于安乐之中。一个仁德的人，以仁德为最大的乐趣；一个聪明的人，把仁德当作有利的生活规范。"（不仁者不可以久处约，不可以长处乐。仁者安仁，知者利仁。）

孔子说："富裕和显贵是人人都想要得到的，但不用正当的方法得到它，就不会去享受的；贫穷与低贱是人人都厌恶的，但不用正当的方法去摆脱它，就不会摆脱的。君子如果离开了仁德，又怎么能叫君子呢？君子没有一顿饭的时间背离仁德的，就是在最紧迫的时刻也必须按照仁德办事，就是在颠沛流离的时候，也一定会按仁德去办事的。"（子曰：富与贵，是人之所欲也。不以其道得之，不处也。贫与贱，是人之所恶也。不以其道得之，不去也。君子去仁，恶乎成名？君子无终食之间违仁，造次必于是，颠沛必于是。）

孔子所说的"道"实际包含了人间的各种道义。这虽不是道家所言的宇宙根本原理的"道"，但人类社会作为一个小的"宇宙"，孔子认为社会运行之道和宇宙之道是相通的。可见"朝闻道，夕死可矣"的孔子并不是单纯的——平面社会的经验主义者。在做学问方面，孔子也认为那种一味顺从他人与社会的学问并非真正的学问。

"做学问好像在追赶什么一样，总怕赶不上，赶上了又总怕被甩掉。"（学如不及，犹恐失之。）

曾子说："士人不可以不志向远大，意志坚强，因为他肩负重任，路途遥远。把实行仁道作为自己的使命，不也是很重大吗？直到死去为止，不也是很遥远吗？"（士不可以不弘毅，任重而道远。仁以为己任，不亦重乎？死而后已，不亦远乎？）

"就书本知识来说，我和别人差不多。做一个身体力行的君子，那我还没有成功。"（文，莫吾犹人也。躬行君子，则吾未之有得。）

"品德不修养，学问不讲习，听到了义却不去做，有缺点不能改正，这些都是我所忧虑的。"（德之不修，学之不讲，闻义不能徙，不善不能改，是吾忧也。）

"比如用土堆山，只差一筐土就完成了，这时停下来，那是我自己要停下来的。比如在平地上堆山，虽然只倒下一筐土，这时如果需要继续前进，那是我自己要前进的。"（譬如为山，未成一篑，止，吾止也。譬如平地，虽覆一篑，进，吾往也。）

"古代学者目的在于修养提高自己，现在的学者目的在于说给别人听来显摆自己。"（古之学者为己，今之学者为人。）

"你要做高尚的儒者，不要做以儒为职业的小人物。"（汝为君子儒，无为小人儒。）

"学过之后又时常温习和练习，不是很愉快吗？有志同道合的朋友从远方来，不是很值得高兴吗？别人不了解自己我也不怨恨，这不是很有君子风度吗？"（学而时习之，不亦说乎？有朋自远方来，不亦乐乎？人不知而不愠，不亦君子乎？）

"三个人一起走路，其中必定有值得我学习的人。我选取那些优点来学习，那些不好的对照自身加以改正。"（三人行，必有我师焉：择其善者而从之，其不善者而改之。）

"君子应广泛地学习古代文化典籍，并用礼来约束自己，也就不至于会离经叛道了。"（博学于文，约之以礼，亦可以弗畔矣夫！）

孔子本身是一个热心教育的人，关于教育他如是说道："爱他，能不为他操劳，让他受到艰苦的磨炼吗？忠于他，能不对他教诲吗？"（爱之，能勿劳乎？忠焉，能勿悔乎？）

"默默记住所学的知识，努力学习而不觉得厌烦，教诲别人而不知疲倦，对我来说，除此之外还有什么呢？"（默而识之，学而不厌，诲人不倦，何有于我哉？）

"狂妄而不正直，无知而又不谨慎，貌似诚恳却无信用，真没想到会有这样的人。"（狂而不直，侗而不愿，悾悾而不信，吾不知之矣。）

由此我们可以看出孔子尊重平凡之人的非凡努力，但也对那些懒惰无能又爱管闲事的人毫无办法。他认为缺乏己见、轻率浮躁的人没有做教育者的资格。但这也不是说那种死板硬套的填鸭式的教育就是好的，形式主义的教育也不受待见。这才有了孔子的"志于道，据于德，依于仁，游于艺"之说。

"吾十五而志于学，三十而立，四十而不惑，五十而知天命，六十而耳顺，七十而从心所欲，不逾矩。"人到老年还能如此淡然述怀，也是因为他有那样博大的胸怀吧。努力固然重要，但忙碌死板的生活态度是无法创造出符合人类发展要求的知识体系与艺术的。更不用说营造出良好的人际关系了。另一方面，就算一个人生活从容，但如果仅是表面上的从容，实际上态度敷衍的话，那么他也不可能找到通往人类普遍真理的道路。而关于真诚，在行孝以及人际交往中的重要性，孔子如是说：

"在外事奉公卿，在家孝敬父母，有丧事不敢不尽力去办，不被酒所迷惑，这些事对我来说有什么困难呢？"（出则事公卿，入则事父兄，丧事不敢不勉，不为酒困，何有于我哉？）

"居于执政地位的人不能宽厚待人，执行礼制不庄重认真，参加丧礼也不悲哀，这还有什么可以看的？"（居上不宽，为礼不敬，临丧不哀，吾何以观之哉？）

"先学习礼乐而后再做官的人是原来没有爵禄的平民，先做官后学习礼乐的人是卿大夫的贵族子弟，如果要选用人才，那我主张选先学礼乐的人。"（先进于礼乐，野人也；后进于礼乐，君子也。如用之，则吾从先进。）

"在德操大节上不能超越界限，在细微小节上有点出入是可以的。"（大德不逾闲，小德出入可也。）

子夏问什么是孝，孔子说："最重要的是对父母的态度要好。仅仅是有了事情子女去做，有了饭菜给父母吃，这样就能算是行孝了吗？"（子夏问孝。子曰：色难。有事，弟子服其劳；有酒食，先生馔，曾是以为孝乎？）

古诗写道：唐棣树的花，翩翩摇摆。我岂能不想念你啊，只是你居住的地方太远了。孔子说："他还是没有真的想念，如果真的想念，有什么遥远的呢？"（唐棣之华，偏其反而。岂不尔思？室是远尔。子曰：未之思也，夫何远之有。）

被后世尊奉为"圣人"的孔子竟然还有如此开明一面，说明了他并不是缺乏生活情趣的道学先生。而世间对孔子的误解也大致可以分为两种：一是普通人指责他不能完全做到所谓的圣人君子；二是政治家和学者们过于夸大了其学说的保守性和禁锢性（常被后世统治者利用）。诚然，我们可以说他是个"只继承不发展，因循守旧""崇古好古，学无遗漏""走他流之末，有损无益"的保守派，但其实他是"温故知新，然后成师"。此外，宗教家们还称孔子为"现世主义的无神论者"，但实际上他的本意是"尽人事，敬天而不靠天"。

"孔子病重，门人欲向天祈祷，孔子答：我祷告已经很久了啊。"（子疾病，子路请祷。子曰：有诸？子路对曰：有之。《诔》曰：祷尔于上下神祇。子曰：丘之祷久矣。）

东方人的笑

有次我跟一位中国学者走在东京街头，因为是二战末期，每个人的脸上都挂着一副愁苦的表情，日常生活中的谈话也没什么欢快的内容。正因如此，当那位温文尔雅的学者突然在街头乐呵呵地笑出声音时，我竟有点不知所措。

只见他在人行横道上停住，眼睛盯着一处，一副乐不可支的样子。对面电车轨道被挖了出来，三两个工人用简单的器械在铁轨上一点一点地钻孔。

"哈！看起来好像比在木头上钻孔还轻松呐。"

他的脸上涌现出微笑，伴随着嘴角的肌肉愉快地抖动，看起来十分开心的他，像守护着婴儿一样一直站在那儿，看着工人们单调地钻孔。这样一种状态中文叫作"乐"。虽然也是"笑"的意思，但"笑"是外显的，指向他人的，而"乐"才是内在的，人之本能的。这与日语中的"止不住的笑"相近，但这与那种得到一笔钱而开心一点关系都没有。

这种内在的、本能的"乐"才是"笑"里面最纯粹的东西，和那种所谓的作态之笑，嘲笑等外在的、对人的笑形成鲜明的对比。我们可以断定的是，这种纯粹的笑只有在那些真正拥有自主性的人身上才能看到，在那些自大主义，趋炎附势之辈身上是断然不可能见到的。更别提那些投机钻营的"时代主义"之流，他们也就只能表露出假惺惺的浅薄之笑。

众所周知，汉民族是世界上少有的拥有从未间断的文明发展的民族之一，广阔的生活领域，也促使人们发现了许多贯穿宇宙人生的真理。无尽的苍穹，无垠的大地——生于其中的人类是如此的渺小，看起来孤独又可笑。天、地、人——对于谨记这三者的关系而从事活动的汉民族来说，他们不会夸大人类在宇宙中的作用。这个民族注视着人类的一切活动，在不知不觉间养成了把每个人类个体，以及隐藏在个体相互之间的爱恨情仇恰如其分地接收过来的习惯。所以，当遇到或多或少的与现实不相符的情况发生时，他们能从那极其细微的差别中感受到乐趣抑或悲伤。

我刚才引用的中国学者的事例就是其中之一。虽说中文有"只要功夫深，铁杵磨成针"的谚语，但那也只是宣扬精神主义的一种激励说法而已，现实中并不存在。所以，从小就被灌输"铁之坚，非人力所能钻之孔"这种观念的中国学者，在街头偶然看到真的有人轻易地在铁轨上钻孔的时候，就不自觉地笑了出来。

直面人世间的现实，既不过高也不过低地加以评价，这种基本态度既能帮助我们正确面对社会上的诸多现象，在面对自己时，也有利于我们做出冷静的判断。在中国，就连古代的王侯贵族对他们自己——作为一个人，虽说只是形式上的，但也都作出了不带感情色彩的评价。王侯自称为"孤"，一国之君自称为"寡"（无德之人）以示谦逊。成为王侯贵族固然可喜，却也不免有可悲之处。正如俗语"长他人志气，灭自己威风"所说，特意展现他人之所长而菲薄自身的做法也是中国人面对悲伤而表现出的一种幽默吧。在我们结识的一些中国人当中，常听到一些精神矍铄的老人自称为"老古董"，这反而让人感觉到这个人身上有一种特有的深度。"人生一世，草木一秋"——一个人生命的过程如同草木一样，这正是感叹人生短暂之人哀伤的幽默。

在如今大力倡导社会主义的中国，其过往历史上的大半时期被认为是一个极具个人主义色彩的国家。确实，新中国实现了农村自治，城市同乡团体，同业组织等也发展得相当完备，已然是实际地践行着社会主义。但在日常生活中，特别是道义方面，中国依然存在所谓个人主义色彩的痕迹。这种个人主义与日本战后狂放的个人主义不同，归根结底它是一种具有民族分寸的个人主义——换句话说是一种有界限的个人主义，不是无限制地提出个人主张，而是一种与社会现实相符，适可而止的生活态度。因此在面对某些社会现象和他人生活的时候，从中国人的笑中就可以感受到一种试图抹去矛盾的努力。这其中包含"讽刺是奴隶的语言""封建制度下被剥夺了思想自由的人们甘心放弃之宣言"等不能简单概括的内容。毕竟这是一个古老民族在漫长的社会生活中获得的一种普遍智慧。

大抵每一个调查过中国民俗资料的人首先都会发现，历代中国人对官僚主义的深恶痛绝是其他任何国家所不能比拟的。中国民间也有各种咒骂官员的俗语。"不怕官，就怕管"等歇后语式的口号早在《水浒传》中就已出现，"官官相护"则依然适用于现代各个国家的政务机关中。

　　"官有官法，民有民约"可以看作是一种民主主义运动的标语，"官凭文书，民靠信约"亦与之相同。"官吏见钱如苍蝇见血""官吏所在，后门所开"等俗语可谓都是对古代官僚主义的猛烈抨击。幽默之中包含真切的现实，语言之中隐藏着民众生活的重压。

　　原本中国人就把谚语称为"常言"或"俗语"，是广泛流传于民间，被广大劳动人民所认可的，传递共通真理的一种口头文学形式。较之西方的"谚语（proverb）"可谓更具深意。一开始一般由某个"无名氏"做出，之后获得普遍认同，最后经"士大夫"阶级的笔端传于后世。其实，即便没有经过士大夫的笔端流传下来，这种大多数劳动人民都认可的俗语也不会在短时间内消逝。它必定会通过各地的方言，一代又一代地流传下去。话说回来，俗语本身就是一种用来吸引人注意的短语，虽然具有强烈的讽刺意味，但其内容相对有限，若是填补了内容上的缺陷则就变成了"笑话"。中文"笑话"一词除了日语中"玩笑话"的意思之外，还有动词用法的嘲笑，以及感叹词用法的"开什么玩笑"等语义。因为多是在对外的场合下适用，内容涵盖人间百态，所以不论人的地位高低，不论事情大小，都可作为话题，从这点来看倒和小说有几分相似。小说原本就有小故事之意，这在汉朝时代的史书上就有说明。小说虽是小故事，除描写人的故事之外还包含鬼神之类的怪谈，所以小说和笑话自产生时就有不同之处。需要注意的是，在中国不论是小说还是笑话，自诞生之日起就被赋予了众多人情俗世的内涵在其中。

实际上，早在春秋战国时期的文献中就记载了许多笑话。就连被称为"中国古典全集最早编修者"——孔子，在《论语》中就记载了数条关于他的笑话。其中有一条讲的是孔子在旅途中迷了路，差他的门人去找附近的农民（其实是出家人）问路时，却不曾想得到了对方这样的回答："你的师傅孔子不是整天说，道啊道的走遍天下的吗？怎么还用得着向别人问道……"这可真是挖苦人的玩笑。此外与孔子同时代的老子在以其名命名的书《老子》中也像说笑话似的提出了一些十分深刻的反论。如"道可道，非常道""大道废，有仁义。智慧出，有大伪。六亲不和，有孝慈。国家昏乱，有忠臣。"老子的这些言论可不是为了逗笑他人的，相反看了之后会使人陷入深深的沉默。不单是老子，诸子百家的著作中都可以看到这种"笑"。这些"笑"表面上是笑话，但都是"认真的笑"，或许原本中国人"笑"的魅力就在于这些极其认真的地方吧。

与此相反，世间流通的"笑话"书籍多是一些娱乐性读物。特别是近代以来有意地创作出一些以娱乐大众为目标的笑话，其中大多内容低俗，即便不低俗也多是凭空捏造且缺乏生活气息。在这个天下太平的时代，几乎不可能有令人笑出眼泪的"笑话"。当然，我并非是说乱世好。如果乱世之中人们没有安身之所，又没有很高的教养，那么真正富有人情味的"笑话"也就无从谈起。从这个层面上看，六朝时代，特别是晋朝就特别鲜明了。那个独爱菊花、喜好饮酒的诗人陶渊明曾写过几多幽默与哀愁并存，令人不觉莞尔的作品。相较性情孤高却怀才不遇，只能不断倾吐生不逢时之积郁的战国诗人屈原，陶渊明的诗文则给人一种自然简朴、真实清新的感觉。如《责子》篇：

頭はしろくなり、体もおとろえた。

白发被两鬓，肌肤不复实。

むすこは五人だが、学問には向かぬ。

虽有五男儿，总不好纸笔。

上のは十六もダメ、あきれたなまけ者。

阿舒已二八，懒惰故无匹。

つぎのももう十五、勉強する気はない。

阿宣行志学，而不爱文术。

そのつぎのが十三、六たす七もダメ。

雍端年十三，不识六与七。

そのしたのが九つ、おヤツをねだるだけ。

通子垂九龄，但觅梨与栗。

こうした運命か、酒でも飲むでしょう。

天运苟如此，且进杯中物。

魏晋南北朝时期，中国佛教广泛传播，道教日益盛行，除代表权力意志的军人、政治家之外，一向安分的知识分子中间也出现了一批尖锐批判社会与个人的人。这些清高的文人雅士的一言一行，现在仍保存在诸如《世说新语》这样的记录文学中。这种记录文学始于汉朝时期，在晋朝南迁即东晋时期开始由单纯的记录向小品文的文学风格转变。比如以下例子：

——有一个地方官员有一辆好车，亲友来借都会借给他们。不巧有一个人为了安葬他的母亲欲来借车却不敢说，听闻此事的这个地方官叹息道："我有好车却让人不敢来借，要之何用？"于是就把车给烧了。

——从西域来了一位高僧，却一点也不会说汉语。众人不解，简文帝说："这是为了避免应酬的麻烦。"

——从前有个大官问部下："同样是人，何故好人少而坏人多？"一部下答道："正如泄水于平地，各自东西南北而流，能成之方圆的少之又少。"

——三国时魏国文人王粲生前喜欢听驴叫，到安葬时，魏文帝曹丕去参加他的葬礼，回头对众人说："王粲喜欢听驴叫，各人应该学一声驴叫来送他。"于是前去吊唁的客人每个人都学了一声驴叫。

——著名大画家顾恺之吃甘蔗时喜欢从尾部开始吃，人问其故，答曰："如此越往后则越甜。"

以上所举的几个例子并非看完之后哈哈大笑了之，而都是蕴含智慧，富有浓厚的人情味，这些才是真正的中国人的"笑"。现代中国人把西方的 humor 音译为"幽默"，这也象征着中国式的幽默感。当然中国人同样也分三六九等，由近代通俗小说作者，以及那些粗俗的人创作并流传下来的"笑话"中也有许多不雅的内容。但我们仔细观察后就会发现，这个古老民族所拥有的现实主义的生活态度与西方世界特别是英国人的幽默十分相似，有一种冷静而豁达的胸襟。

阳间·阴间

倩女离魂

唐武则天天授三年（692），清河人张镒在湖南衡州做官。由于其性情淡泊所以朋友不多，膝下也无子嗣。曾生有两女，但老大刚出生就夭折了，只有老二小倩正常地成长起来，并出落得美丽大方。山西太原王员外膝下一子名王宙，从小就聪明伶俐而且生得容貌俊秀，深受家人喜爱。王宙从小就像说口头禅似的一直说长大以后要跟小倩在一起。待王宙与小倩长大成人后，他们经常在梦里相见，当然双方的家人并不知晓此事。随后，张镒部下一名高官向他提亲，想要娶小倩为妻，张镒也随口应承了下来。听到这个消息后的小倩整日郁郁寡欢，青年王宙也因此心生怨恨，借口说自己要做大官向小倩提出要去京城。小倩眼见阻拦不成就只好给了他足够多的盘缠供他路上开销。青年痛心不已，哭着与小倩道别，登上了离开的船，傍晚时分抵达了一个离家稍远的驿站。

　　夜深人静时分，青年却是无心睡眠，他听到了河岸上有人似风一般跑来的声音。不一会儿这人就跑到了船边，青年一看，竟然是小倩，而且还是光着脚跑来的。青年欣喜若狂，一边挽着小倩的手一边问她为什么跟来了。"因为我知道了原来你是如此在乎我。我试着不去理会我想见你的心情，但当我知道你的心永不会变的时候，我就决定就算是死也要跟你在一起生活。所以我就逃出家门跑来了。"小倩一边哭一边说。

　　对于如此意外的事情，青年开心得几乎要跳起来。他把小倩藏到船中，趁深夜两人一起逃走了。在匆忙赶路中不知道过了几个月，他们来到了四川的一座大山中，自此在山中一住就是五年，并生了两个男孩。生活上两人并不与衡州张家来往，但小倩却一直很想念她的父母。一日，小倩向青年哭诉道："当年为了不辜负你，我选择了抛弃父母跟你私奔，到现在已经过去五年了。我真是愧为人子啊。"

　　王宙心疼小倩，宽慰道："我们一起回去也无妨。"最后他们还是决定一起回去。在马上要到张家时，青年决定无论如何也要先一个人去张家登门谢罪。去了之后不想张氏这样说道："小倩病后一直卧床不起，你在说什么胡话呢。"青年赶紧说："不，不，小倩正在船中等着呢。"张氏十分惊讶，随即差遣家丁前去查看，果然看见小倩正在船中等候，脸上也毫无病色。只见小倩向家丁询问道："父亲大人可安好？"家丁惊讶不已，立即飞奔回去向主人汇报了情况。此时房中的小倩也离开了病榻，开心地梳洗化妆，穿衣打扮，和其他人一起出门迎接王宙一行。当时，只见两个小倩完全地合为一体，就连身上的衣物也是一模一样。

对于此事，张家人一直把它当作灵异事件，对外闭口不谈，只有个别张家亲友知晓。从那以后又过了四十年，王宙夫妇与世长辞，而他们的两个儿子都被选拔为官员，官至县令。

审判梦中男子的恶行

顺便再说一件异事。唐文宗太和年间（约830），饶州知府齐推之女嫁给了陇西（西北边界一带）一户李姓人家。当时，李氏为了参加高等文官考试就把怀孕的妻子留在了她娘家饶州知府的官舍里。等到了预产期，饶州知府让女儿从主屋移居到了东厢。当天夜里，女儿做了一个梦，梦中一个身穿华服的男子，手里拿着刀，怒目圆睁地对她吼道："这个家可不能因为你生孩子而被玷污了，赶紧从这里滚出去，不然灾难就会降临！"

第二天天一亮，女儿就把这个梦告诉了她的父亲齐推。齐推原本就是一个性情刚烈之人，就回答道："我虽然地位轻微，但好歹也是本地的知府，那些歪门邪道奈何不了我们。"就这样又过了几天，女儿生产了。随后那个梦境中的男人出现在了床边，把正在休息的女儿暴打了一顿，致其七窍流血身亡。

齐推夫妇对女儿的惨死追悔莫及，连忙把这个消息告诉了女婿李氏，并先把女儿埋在了西北郊外的路旁，待李氏回来之后再由李家举行葬礼。

李氏进京赶考失败，正打算回家的时候听闻了妻子身死的消息。归途遥远，等他快到饶州的时候已是妻子去世半年之后了。这时，李氏无意中知晓了妻子的不正常死亡，心中十分怨恨，决定要为妻子报仇。等他走到可以看见饶州城的时候天色已晚，突然旷野上出现了一位女子，从衣着体型上可以看出此女子绝非普通百姓家的姑娘。"好像是我的妻子"，李氏心想。等他勒马揉眼定睛一看，只见该女子像是要被草木吸走一般。待他下马走过去发现果然是自己的妻子。两人相见，悲泣不已。

"请不要为我哭泣，我应该还有重生的机会。父亲大人生性强硬，不信鬼神之事。我一个妇道人家也做不了什么，我等你等了许久，现在你终于回来了，希望不会太晚。"妻子说道。"那么，我该怎么做才好？"李氏问。女子解释说："一里外的邮亭村有一个田姓的老先生，是村里寺子私塾的教书先生。但没人知道其实他是九华洞里的仙人。如果你去诚心求救的话，或许我能得救。"

李氏听后连忙前去寻访田先生。一路跪拜到达门前，李氏不知道磕了多少头向田老先生恳求道："虽然是人间俗事，恳请仙人救我妻子性命。"当时田老先生正在教村里的孩子们读书，看到李氏这样，连忙推脱道："你看我这一把老骨头，说不定今晚就去见阎王爷了，公子是不是找错人了。"

可是李氏头磕在地上，不停地恳求，老人的态度也就慢慢缓和了下来。从傍晚到深夜，老人俯首像是在想什么事情，李氏又一直站到了深夜。"你都已经恳求到这个份上了，老头我也没什么好隐藏的了。"老先生妥协道。李氏闻之大喜，一边流泪，一边道出了妻子冤死的情况。"老夫以前也曾听闻此事，但当时没有及时解决，到现在恐怕为时已晚，回天乏术了啊。老夫刚才之所以一直不说话，就是因为没想出什么办法来。不过，为了你小子，老夫会再想想办法的。"说完，老人起身向北走出百步左右，呼的一声对着田地吹了一口仙气，顷刻间那里出现了一所官府一样的建筑。只见该建筑守卫森严，宛若皇宫，老人化为仙人，身穿紫袍，坐于案前，衙役数人，分列两旁。仙人立即下了命令召唤当地诸神。不一会儿就出现了十多位神仙，每人带领百骑哒哒地跑来。这些神仙人人都身长七八尺，面带威严，端身立于门外，慌忙问道："此番呼唤所为何事？"待传达者将土地公、山神、河神、湖神等带入大殿后，田老先生开始问道："早些时候，本地知府的女儿因为生孩子而被恶鬼杀害，实乃冤死。不知诸位知晓与否？""知晓。"一行人皆低头答道。"如此，为何没有调查此事？"田先生又问。"若要审判，需要有当事人，但无人来诉，无可调查。"众人齐回答。先生再问："可知凶手之名？"其中一人答道："乃是西汉时期的鄱县知府吴芮所为，现任知府官宅正是以前吴芮居所。如今其仍旧依仗当年势力，巧取豪夺，做出一些无道之事，却无人可奈何其分毫。"田先生听罢，立即命令道："给我速速抓来。"

不久吴芮被绑来，面对田先生的审问却不以为然。尔后老先生差人将李氏的妻子——被杀害的小齐带来。不一会儿吴芮和小齐就开始争辩起来，但吴芮最终理屈词穷，当场只得推脱道："是这妇人产后虚弱，见到我的真身之后受惊吓而死，并非我所杀害。""只要是杀人，不管你是用刀还是用棒，罪过都一样。"田先生训道。随后吴芮被带去了天宫审判，田先生又让衙役去查询李氏之妻还余多少阳寿。"加上应该补上的，总共还余三十二年阳寿，应育有四子三女。"仙人听后向一众判官问道："李氏之妻所剩寿命还长，如若不令其还阳可谓有失公允。诸位意下如何？"其中有一仙官出列答道："吾尝闻东晋时有一人横死郏城，与此相似。当时的判官将那人的魂魄捏合并赋予他肉体使之复生。无论饮食语言、欲望喜好皆与常人无异。惟独一生之内不能显身于他人面前而已。"

"捏合魂魄是怎么一回事？"田先生追问道。"凡人皆有三魂七魄，死后脱离肉体，无法再凝聚。若把魂魄收聚起来再用古琴的胶液加固，由阎王大人从冥府使之复原，则可以如同真身一样存在。""如此甚好。不知你意下如何？"田先生转首望向李氏的妻子。"这样已经心满意足了。"李氏之妻感恩答道。

过了一会儿衙役带来了七八个和李氏妻子很像的人，将他们合而为一。一旁有一人手持药罐，其中有药物如糖浆一般，随后他们把这些药物涂在李氏的妻子身上，慢慢李氏的妻子如同从空中落地一般显现出来。

一开始李氏妻子只觉是在梦中挣扎，等到天亮以后发现昨晚的所见所闻已全然不见。只有田老先生和李氏夫妇二人在那桑田之中。

"你也受苦了。但好在一切顺利，你们就一起回去吧。但是切记此次还阳之事只能跟你家人谈起，别的什么都不要乱说。老夫以后也将不在此地了。"老人对李氏的妻子说道。

随后李氏二人一起回到了家里，一家人都睁大了眼睛一副难以置信的样子。二人花了不少工夫才让他们相信李氏妻子真的还在活在人间。从那之后两人又在一起生活，还生了几个孩子了。亲友中知晓此事的人对外也只是说："李氏妻子并没有什么特别之处，就是身姿好像比普通人轻盈一些而已。"

——哎呀呀，读者朋友们恐怕听腻了吧，我也是说得兴起了点。汉民族的想象力果敢而又顽强，我刚才用现代语所讲述的两个故事属于唐代传奇，是当时的文人用古文写出来的短篇小说，题名为《离魂记》，作者为陈元祐。另外与此相似的怪谈也还有许多，但较之日本还是有很大不同。中国的"阳间""阴间"距离太短，无法给人一种可怕的恐怖效果。

尽管如此，这两个故事却从唐代一直流传到宋朝，甚至还被引用到了宋朝的禅语中。《无关门》第三十五则中有"倩女离魂"一段。

五祖问僧人："倩女离魂，究竟哪个才是真身？"

无门道："若是能悟得真谛，那便知道躯壳与魂魄有如旅舍与旅客。如若不能理解，切莫胡乱出走，等到此身离乱之时，有如汤中的螃蟹一样七手八脚。那时候别说从未听过此事。"

有歌云：

云与月，山与川，上与下，

如此如此，

合二为一。

"如此如此，合二为一"，如此计算的话，再没有比 0.5 加上 0.5 更简单的算术了。但是，如果就这样简单解释我们所有人都是阴阳各一半的话，现在的年轻人恐怕会站出来反对吧。

当然，合二为一也并非就是那个意思，或许我们可以理解为：是"二"同时又是"一"……不过，阳间与阴间，过去、现在与未来，对于汉民族毫不设立界限随意往来于其中的现实主义，我甚是叹服。与此相比，害怕幽灵、祈求来生的日本人竟显得如此天真无邪。

中国推理小说

　　西方的推理小说家从很久以前便开始在他们的作品中加入"中国元素"。他们经常利用中国本土，以及外国城市中唐人街的神秘性，为故事增添一种令人毛骨悚然的异国氛围。比如萨克斯·罗默（Sax Rohmer）笔下的大犯人傅满洲博士，阿尔·比格斯笔下的大侦探查理·陈，这些角色对于西方读者来说，都是非常熟悉的，他们都是毫不逊色于伟大的莱斯特爵士和家喻户晓的夏洛克·福尔摩斯式的人物。但是在西方大众犯罪文学里出现的中国人的人物形象，却常常被歪曲。对于这个现象，从他们的角度来看似乎是情有可原的。因为这一类的文学作品在中国已有悠久的历史，而且在爱伦·坡[1]和柯南·道尔[2]

---

〔1〕 埃德加·爱伦·坡（Edgar Allan Poe，1809—1849），19世纪美国诗人、小说家和文学评论家，美国浪漫主义思潮时期的重要成员。他以神秘故事和恐怖小说闻名于世，他是美国短篇故事的最早先驱者之一，又被尊为推理小说的开山鼻祖，进而也被誉为后世科幻小说的始祖。

〔2〕 阿瑟·柯南·道尔（Arthur Conan Doyle，1859—1930），因塑造了成功的侦探人物——夏洛克·福尔摩斯而成为侦探小说历史上最重要的作家之一，将侦探小说推向了一个崭新的时代，堪称侦探悬疑小说的鼻祖。

出生前的数世纪前就已经十分成熟了。

一千多年前中国就已经出现了记述不可能犯罪[1]及其破解手法的短篇小说，通过说书先生口述或者戏剧表演，推理高手被代代传颂。长篇小说出现于1600年前后，并在18、19世纪两个世纪的时间内迅速发展。长篇犯罪·怪奇小说，在中国从古至今都深受读者欢迎。但是，这些中国推理小说却没有一本完整的英译版本。虽然有时会在某些中国学的杂志上看到摘译或部分译文，而且数年前文森特·斯塔雷特也对这类小说中有名气的几部作品进行了简明扼要的概述（1942年在纽约发行，作者同上，《读者假日》），但是不可否定的是，西方学者对中国推理小说有歧视的倾向。有名的历史小说和风俗小说大多都有完整的英译版本，然而推理小说却没有什么存在感。

为什么会出现这样的情况呢？这应该是因为中国的犯罪小说中，绝大多数作品虽然让研究中国文学的学者很感兴趣，但无法迎合普通西方人的口味。中国人所想的构成犯罪小说的必要条件和西方人的所想实在相差太大，因此只是为了解闷才读推理小说的西方人会认为这些中国作品并不有趣。

中国的推理小说，有西方人所不知的五大特色。第一，读者在最开始就知道了犯人的姓名来历，犯罪动机。中国人阅读推理小说的乐趣，就像感受如对弈般纯理性知识的对决。在所有要素已经非常明确的前提下，其乐趣就在于，追随侦探方的行动和犯人的反侦探对策，最后以犯人穷途末路收尾。与此相

---

〔1〕 原为刑侦词汇，指在表象和逻辑上都不可能发生的犯罪行为，在推理小说界却有广泛表现。

反，西方人更喜欢谜团一直持续，犯人到底是谁，这一真相直到小说的最后一页都充满神秘感。也就是说，中国的推理小说从一开始就缺少某种紧张感。

第二，中国人生来就喜欢超自然的事物。幽灵和怪物是经常出现在推理小说中的元素，甚至动物或厨具都能成为案件的证人，法官有时会擅自中途退席去黄泉，和地府的判官进行口供的交易。这点与西方人认为推理小说应该尽可能的写实的思维相冲突。

第三，中国人生活慢节奏，特别喜欢细化事物。推理小说自不必说，大多数小说一般都是如讲坛般展开，其中交织着冗长的诗歌或哲学说教，一封书信都要引用全文。所以中国的推理小说大多都是一百章以上的大篇幅，不管翻译哪一部都需要数册活字本。

第四，中国人通晓各类事物名称，尤其对亲属关系间的称谓特别敏感。中国的知识分子，通常可以流利地说出七八十个亲属的名字、姓族和称谓，以及正确的辈分排序。机缘巧合的是，中文里诸如亲族关系称谓之类的特殊用语尤其丰富。中国读者也喜欢阅读热闹的小说，所以一部小说的出场人物经常达到二百人以上。而西方现代的犯罪小说基本上主要人物只有十人左右，并且为方便读者阅读，作者会在小说开头部分附上人物关系一览表。

第五，中国人对于推理小说中什么应该写明，什么应该交给读者想象等创作意图与西方也完全不同。西方人特别想知道罪犯实施犯罪的具体情节，但对于最终犯人受到怎样的刑罚并没有兴趣。通常犯人最终都是以飞机坠海、自行车坠崖，或者其他干脆利落的方式收场，如果没有类似的描述，他们也只是会在最后一页写上死刑执行人或者电椅等暗示。但是中国人期望能看到详尽如实的、记录这个犯人是如何执行刑罚的。这种处理方式表达了中国人的正义感，但西方人却无法忍受，因为他们无法忍受对已经屈服的人落井下石。

除了以上说明的几点，还有一个事实是，中国的作者认为读者已经理所当然地熟悉中国法律和风俗习惯，所以显而易见，若要使西方大众读者能够读懂翻译后的中国推理小说，那就意味着要全面重写，而且重写的译本还需要附上繁杂的注释。虽说是推理小说，比如范·达因〔1〕在记述费罗·万斯〔2〕功绩的小说中偶尔加入一些脚注，这样既提高了作品的品位，又更加具备推理小说风格，但如果一页中加入太多注释的话反而会令读者厌烦。

所以，向西方的犯罪文学爱好者推广中国推理小说的全译本，首先要做到的是，最大限度地保留推理的神秘性和人道主义，同时把前文讲到的中国推理小说的特异性降到最小。

可以说《狄公案》是一部具备了上述条件的作品。这部作品创作于18世纪，作者名已佚。小说在开头既没有公布犯人，也没有掺杂反复无常的超自然元素，出场人物的人数也较少，

---

〔1〕 范·达因，原名威拉得·亨廷顿·莱特（Willard Huntington Wright，1888—1939），欧美推理小说黄金时代代表作家之一，创作了旨在规范推理小说写作的"范达因二十则"，对后世推理小说的创作影响颇大。

〔2〕 范·达因笔下的代表侦探。

也没有偏离故事情节的其他素材，而且相对较短的篇幅也符合西方人的阅读习惯。同时，故事内容设计巧妙、文笔精炼，也具备能给西方读者带来紧张感的创作技巧，而且悲剧与喜剧结合得恰到好处。所以，这部作品可以说是已接近现代西方推理小说的水准。在欣赏完这位判官的"精彩推理"以后，我们自己甚至在遇到危险工作的时候也能运用从阅读中获得的智慧。从另一方面来讲，这部小说采用了西方大众犯罪文学尚未具备的一种新的文学设计，即侦探同时与三个刑事案件有关联，三个案子虽然并无案情联系，都有各自的背景与出场人物，但叙述方式却环环相扣，引人入胜。

另外，《狄公案》作者在道德的说教方面也尽可能地谨慎对待，实际上这种叙述全文只有一处，而且还是在最开始的作者序言部分。如果在序言不做些道德方面的反省的话，恐怕是过不了中国自古以来的文人传统这一关的。

即便如此，在西方读者看来中国推理小说最大的弱点还是超自然元素的运用。然而，这部小说中只有两处运用这样的素材，而且这两处皆与西方异常心理学文献中经常讨论的现象有关，所以容易被西方读者接受。第一处例子是，被杀害的男子的灵魂出现在了他的墓地附近。西方各国普遍都相信，因暴力被杀害的死者的灵魂会停留在尸体附近，而且会以某种方式让人们察觉到他的存在。第二处例子是，侦探在为两起刑事案件烦恼时所做的梦。这个梦使他确定了之前的怀疑，还把至今为止所获取的信息都合乎逻辑地串联起来，呈现给读者。这对于研究梦境心理学的人来说也是极富吸引力的。

在这部小说中，对于被告人接受审讯时受到的严刑拷问描写得特别残忍，读者也理应能够接受。如此推理的话，小说最后一章关于死刑场的场面描写，可以说比中国普遍的推理小说都要简单、现实了。

虽然《狄公案》中很少出现中国其它小说所具有的中国特色元素，但是这部小说也完全可以说是具备中国风格。这部小说不仅忠实地描写了中国古代法官的审案方法，办案时遇到的难题，以及中国下层社会的众生相，同时也向读者展现了中国古代的审判形式，中国古代刑法的主要规定以及普通中国人的生活方式等。

第一起案件，我们暂且叫它"黎明时分双重杀人案"。这是一起残忍的杀人事件，动机是钱财。通过这个案件，读者可以了解到当时丝绸商人危险的旅途生活。第二起案件，"谜团尸体案"。案件发生在一个小村庄里，虽说这是一起因为爱欲的犯罪，但解决起来却意外的困难。案件非常真实地描绘了女性罪犯形象。第三起案件，"新娘被毒案"。案件发生在一个地主家，新娘是某退休官员的女儿，在新婚之夜不幸中毒身亡，新郎是一名"秀才"（即获得参与中国科举制度人才遴选的准入资格）。

综上所述，这部小说可以说是展示中国社会生活的一个缩影。而且这三起案件有一个共通点，那就是都是在同一个地区发生，由同一个侦探判案。

这部小说的主人公——侦探，是典型的中国推理小说的代表人物——某一地方的地方官员。直到1912年中华民国开国为止，这些地方官员都是一个人负责审判、陪审、监察和刑事等工作。在地方官员管辖下的地区也就是一个县，是复杂的中国政治机构中最小的行政单位，管辖范围是由城墙围住的一个较大的城镇，再加上附近半径六七十英里左右的土地。县令拥有这个地区民政事务的最高权力，负责管理城镇、土地行政、审判、税收事务、登记注册等事宜，同时还肩负保护这个地区治安的责任。也就是说，这个地区的县令实际上掌握着百姓生活各个方面的权力，被百姓称作"父母官"。

县令在行使刑事方面的职能时，能够展现自己作为侦探的才能，因此中国的犯罪文学并不把能够解决棘手案件的了不起的人物称为"侦探"，而是叫作"判官"。这部小说的主人公姓"狄"，因此书中都尊称他"狄公"（狄判官）。

中文里把刑事事件称作"案"，因此将这部小说的原题目《狄公案》直译的话，就是《狄判官所解决的犯罪事件》。这种题目是中国推理小说的固定格式，比如说《包公案》（包判官所解决的犯罪事件）、《彭公案》（彭判官所解决的犯罪事件）。

中国把"novel"称为"小说"（简短的故事），小说与历史、哲学、诗歌以及其它说教类形式不能相提并论。这个问题暂且不讨论，小说的作者精通法律条文和中国刑法，将小说中对案件的处理方式与相关的刑法条文进行对比，不难发现就连细微的地方都十分准确。

通过这部小说，可以清楚地知道担任地方衙门（法院）判官职能的县令在各个方面所肩负的职责。案件会直接承包给县令，县令的职责包括：亲自筛选收集到的全部证据，追查犯人并实施逮捕，审讯犯人使之承认罪行并下达判决，最后判处刑罚。

就算要做如此烦琐的工作，县令也不会借助衙门中其他职员的协助。巡查员、记录员、卫兵、刑罚执行人、狱长、验尸官及其部下等下级职员都只是在做自己分内的工作而已。做侦探这样高级的工作，判官大人是绝对不会借助他们的力量的。

因此，通常判官会带三四个参谋在身边，判官一上任，首先要非常谨慎地挑选参谋，办案时都带着他们，直到这些人一个个地转任，最后成为知府或军队总督为止。在中国推理小说中，这些参谋都被描写成果敢、勇猛并力大无比、武艺高强的人。另外在小说中，通常会出现"绿林兄弟"，也就是像罗宾汉那样的人，判官都是在追捕"绿林兄弟"的过程中挑选参谋。他们都是因为冤假错案、杀了贪官污吏等原因被迫成为盗贼，所以只能靠着本事维持生计。判官把他们带回正途，之后他们便作为判官的忠实助手为法治尽心尽力。

就这样参谋成为了判官的左右手，判官差使他们进行严密的调查。派他们听取目击者的证言，跟踪嫌疑人，突击犯人的老巢并实施逮捕。因此做参谋的人，必须要武艺高强且力大无比。因为中国的侦探和18世纪的伦敦警察一样，要有不使用武器徒手制服罪犯的宝贵传统。

说到解决案件的办法，判官无法借助近代科学力量，这一点是十分不利的。既没有检验指纹的装置，也无法进行化学检验和依据照片进行实验。因此，为了降低他们工作的难度，刑法条例放宽了很大一部分权限。判官可以随时抓人，可以对嫌疑犯进行拷问，可以对做假口供的证人实施当场打罚，可以使谣言成真，也可以逼迫被告人说谎，甚至事后可以再反转。简而言之，判官公然、合法地使用的这一系列手段，无不令现代法官为之震惊，深感不可思议。

但是，事先申明，比起利用严刑拷问等暴力手段，判官更会利用对老百姓的了解及理性的思考，还有强大的心理洞察力来解决案件。判官可以逐个解决对于现代侦探来说如同迷宫一般的案件，这样的情况尤为常见。像狄判官这样的地方官，都是才德兼备之人，同时也是优秀的文人，精通中国美术和文学。换言之，他是我们想深入了解的那类人。

然而遗憾的是，中国推理小说与西方相同，没有多余的笔墨来详细描写人物性格。特别是对于这部小说，尤其感觉遗憾。因为狄判官是真实存在的历史人物，是唐代（618—907）杰出的政治家。狄仁杰630年出生于一个有名气的文官之家，官拜宰相，700年辞世。根据文献记载，狄判官虽著有文集，但并没有流传于世。

在中国推理小说中具有很高地位的衙门，是地方官工作场所的一部分，在西方相当于市政厅。被告一旦被判官传唤，必须一直跪在公堂之上接受审讯，直到案件审理结束。而且被告下跪的地方，经常会有之前被拷打的犯人的血迹。两旁站立的巡捕个个怒目圆睁，稍有不慎，被告就会招致一顿打骂。

任何人在不承认罪状的情况下都不能被判刑，这是中国刑法的根本原则之一。有些犯人不知悔改，就算有事实铁证摆在面前，仍幻想逃脱刑罚而拒不认罪。为了对付这样的人，就有很多种拷问方法，即使在法律条文中是被禁止的，但现实审讯中也会默认为合法。即便如此，如果有人因刑讯逼供致死，之后又查明被告系无辜，则判官与所有与案件有关的职员都会被判处死刑。

从事中国刑法研究的著名学者撒·切罗那·阿拉巴斯塔曾经说过："中国刑法中认可对嫌疑人实施拷问，这一点是不容忽视的缺陷。针对反叛罪和弑亲罪的刑罚实在太重了，一旦使用了木质的枷具，被告人便没有了辩护的余地。即便如此，中国刑法法令要比西方法律条文精密很多也充分很多，绝不是想当然认为的野蛮又残忍的恶法。"

这部小说的作者是 18 世纪的人，虽然作者是以当时的法律制度为基础完成了这部作品，但实质上与唐代的制度相同，唐代才是这部小说的历史舞台。两个朝代之间相隔了十个世纪，但从唐代的画卷中可以看出，审判的流程几乎没有什么变化，18 世纪的社会体系，实质上与唐代并无一二。

只有对应古代中国的政治制度以及当时的中国社会体系这一特殊背景，才能正确理解中国的法律制度。自古以来的中国文官都要对其部下的行为负全责，同时也必须把自己的所有行动上报给直属上司，还要把相关资料证据的原件上交。这些资料会被仔细审阅，若发现有可疑之处便会被责令重新调查。还有一点，皇帝的督察史（御史）也时刻严阵以待，他们被赋予特权，可以立即抓捕所有官吏，以审查为由将他们押送至京城。另一方面，官吏有权向更高一级的官员告发自己的直属上司，为了保护自身安全，有时不得不这么做。但是，"奉命行事"

这种话在中国的法律制度中并没有被认作是正当的辩解。

审判采取公开的形式，所有百姓都可以了解案件审理的全过程并参与讨论。如果判官极其残忍或者毫不作为，那么民心自然也会离他而去。通过这部小说就会知道，判官为了向百姓显示自己在处理案件时的明察秋毫，必须时时处处小心谨慎。但是，这个制度最大的缺陷就是，过于依赖处在金字塔结构顶端的人物。如果首府官员的执政水准下降了，腐败之风就会迅速向下层蔓延。类似这样的司法制度的全面崩塌，在中国清朝的最后一百年变得特别严重。因此那些在 19 世纪考察中国社会动态的外国人，想当然地认为中国的司法制度并不好。

这一制度的第二个缺陷，就是地方官员承担了过多的责任。官员们一直被工作所迫。狄判官这样的官员另当别论，但是在他之下的官员总会陷入过于依赖部下的境地。而这些小人物，很容易乱用权力。在这部小说中也描写了许多这些小人物的趣事。

中国历史上，侵害法律原则的记录大抵都是政治和宗教迫害事件——其实，这种事在西方历史上也常有发生，法律原则也被伤害得相当严重。此处，引用著名的中国刑法的翻译家撒·乔治·斯托顿的一句话来评价中国的司法制度——"有充分且值得相信的依据，无论任何阶级以及任何社会地位的人，不管是犯下滔天大罪还是做了不正当行为，终将会受到中国司法制度的严惩。"

荷兰的东方学学者凡·古利克（高罗佩）博士于 1950 年在日本出版了英译版《狄公案》，以下是序言，由鱼返善雄译成日语后再压缩二分之一后的部分。

古利克年轻时就读于莱顿大学，在研究梵语文学的过程中进一步研究了马头观音[1]并取得了学位。之后便潜心钻研东方文明，二战前在日本常住，学会了茶道、书法、绘画、篆刻等技艺。战时去往重庆，又投入到七弦琴的学习和研究中，且著有两本有关琴的专业图书。《狄公案》似乎是他战时为了打发时间所做的翻译，之后便产生了兴趣，并且开始创作推理小说，创作了两本同样取材于中国的作品。其中一篇《迷宫杀人案》中，加入了作者自己的插画和设计，1951年在东京出版了日文版（鱼返译）。

---

〔1〕马头观音，先天自有观音法身，是六观音之一，因以马首置于头顶，故称此名。马头观音是六道中畜牲道的护法明王，也称马头明王、马头金刚或马头大士。

中国文学的发展

长久以来，对于"文学"，中国人持有与世界其他各国皆不同的看法。中国的汉语辞典中有如下说明：

第一，文章博学，孔门四科之一。孔子在论语中提到，在他的七十二门人中有十名学生在"德行"、"言语"（语言）、"政事"（政治）、"文学"这四个科目中取得了卓越的成就，扬名天下。其中子游和子夏因精通《诗经》《书经》等古书而被孔子称为"文学高超"。在现今的日本和西方国家也有把通晓古籍的人称之为"文学家"。但是，真正意义上的文学家不应该只是这种"知识渊博之人"。

第二，文采斐然。当中国人说一个人"文学造诣很高"的时候，就是在说那个人的文采很好。不用写诗不用写小说，只要能写一手好信，或者能引经据典就可以称得上文采好。然而，如此简单的事情也能称之为文学吗？

第三，古代中国把那些写文章、教古籍的官吏称之为"文学"，自汉代起置于各州郡及王国，或称"文学掾"，或称"文学史"[1]。而在日本的加贺藩也有一些私人专雇的学者称自己为"加贺文学"，但这也不是说非官员不能做文学。

第四，把人之所想、所感用语言文字很好地表现出来，以及由此而形成的作品叫作文学，这是现代普遍认可的文学定义。然而，不仅限于"很好地表现出来"的作品（艺术作品），"记载重要内容"的作品（文献）也可以称之为"文学"。如英语中的 literature 一词，除文学以外还有文献的意思。

在中国把所有的文献分为"经、史、子、集"（儒家经典、历史地理、思想科技、文艺作品）四大类。但在封建时代，"经"被视为是最重要的，可以认为它不单是思想，也是文学。此外，一些历史书籍以及其他记载各种思想的书籍，只要是流传下来的名著都可以称之为文学书籍。所以哲学和历史，与真正的文学之间并没有十分清晰的界限。西方学者认为："文学有两种类型，即理性的文学与感性的文学，理性文学负责教育，感性文学负责感知。"也就是说文学有广义与狭义之分，而中国人只是把好文章当作文学，此外还有喜好儒家经典的偏好，故而能真正理解文学含义的人少之又少。

中国有"三千年"的文化传统，三千年之前都被认为是传说。然而 1899 年在河南省发掘出土的殷商时代的刻有汉字的龟甲与兽骨，证实了中国人在三千年以前就已经有了很高程度的文明了。一直以来被看作是迷信的"子、丑、寅、卯……"

---

[1] 文学，指精通儒家经典的人。魏晋以后有"文学从事"之名。唐代于州县置"博士"，德宗时改称"文学"，太子及诸王以下亦置"文学"。明清废。

等说法，古代君王的名字，以及在山上猎到的鹿或虎的数量都被刻在了龟甲与兽骨之上，这些记录文字被称为"甲骨文"。虽然甲骨文只是一些散乱的记录，无法被称作文学，但是只要是识字的殷商人应该至少都会唱歌吧，所以一定形成了一些民间故事，只是这些作品没有流传下来而已。

把中国古人的所感所想以文学的形式表达出来的历史，最早始于灭亡殷商的周朝。周朝人如"周"字所示一样，耕田务农，祭祀黍神。一开始周朝国君还能勤勉地治理国家，后来就发展到了春秋战国的乱世时期。因为战乱，山河破碎，民不聊生，《诗经》之中就收录了一些描述民间疾苦的诗句。

《诗经》是古代中国北方的文学作品，行文工整、内容保守。与之相对，南方文学的《楚辞》则有字数不一、文笔激昂的一面。《楚辞》的主要代表作家屈原（前343—前290）就经常在其作品中不吝笔墨地描写山川草木、动物等自然风景，借以讽刺那些腐朽的贵族。

从孔子（前551—前479）到屈原，中国正值春秋战国时期，国与国之间战火频仍，人民生活困苦不堪。这时就出现了许多推销自己政治学说与人生哲学的人，后世统称为"诸子百家"，其中孟子与庄子更以其文章壮美而著称于世。他们的作品虽不是狭义上的文学作品，但是从赋予文章内容以哲学深度这一点来说，堪称丰功伟绩之贡献。

到了秦朝，始皇帝为了维护自己的统治，下令焚书坑儒（前213—前212），中国文学遭受重创。直到汉朝（前206—219），统治者才重新开始重视学问，文学也因此蓬勃发展起来，所以到现在仍有"汉文"一说。汉朝是中国历史上第一个体制完整的大帝国，与周围许多国家保持着友好邦交。当时也发生了许多至今在文学上仍被世人津津乐道的事件，比如刘细君和亲乌孙，苏武出使匈奴被困十九载才得以还乡，苏武好友李陵投降匈奴，张骞班超出使西域，蔡愔到西域求佛，大臣之女蔡琰（文姬）被掳去匈奴十二年，与亲骨肉生离死别才得以归汉等。这些故事经常出现在后世的小说与戏剧中，然而，汉朝却没有创作出足以流传下来的小说和戏剧。

汉朝之后便是因《三国志》而被世人所熟知的三国时代（220—280）。当时作为一方霸主的曹操和他的两个儿子在文学上自成一家（史称三曹），而和曹操对立的蜀汉政权的丞相诸葛亮则因其《出师表》也在中国文学史上留下了浓重的一笔。"表"这种文体本来是家臣写给主公的文书，在中国古代也被当作是文学体裁的一种。

魏国之后的六朝时期，特别是晋朝迁都南京后，由于战乱，佛教思想和道家生活开始深入人心。内有高僧法显不远万里前往印度取经，外有由印度而来的得道僧人鸠摩罗什在中国北方的蛮夷之地传教。正是在这样一个时代背景下，志向高洁的陶渊明才果断辞官归隐，远离庙堂。然而，普通民众并不能像陶渊明那样终日饮酒赏菊度日。这一时期中国出现了一本叫作《世说新语》的文学作品，里面忠实地记录了以"竹林七贤"为代表的各型各色人们的生活轶事。《世说新语》和同时代的其他作品一样，文字没有过多的修饰，表达方式真实质朴，是真正意义上的文学作品。

六朝时期的文章以"骈文"抑或说是"四六文"为主，这是一种既非散文又非韵文的奇妙文体。这种文体的句式要求四字句或六字句对仗，有时也讲究押韵。这一定程度上体现了中国人看待事物的方法和汉语的性质，然而由于此文体过于重视技巧、华而不实，容易写得风花雪月、内容浮夸，变成一种"无心"空文。

唐朝（618—906）之前的大约三十年间，中国有一个过渡朝代史称隋朝。当时的社会文化虽然经历了一定程度的南北融合，但在文章方面依然没有摆脱六朝时期"文以显耀"的思想束缚。这种状况直到中唐时期才由韩愈等人发起的古文运动而被改革一新。韩愈等人以儒家经典《五经》、西汉司马迁的《史记》、东汉班固的《汉书》为参考，创造了一种无拘无束自由奔放的文体。由于这种文体与古时文风很像，所以被称为"古文"。当时参与古文运动的除了韩愈还有柳宗元，他们与后世宋朝的欧阳修、苏洵、苏轼（苏东坡）、苏辙、曾巩、王安石，被并称为"唐宋八大家"。

韩愈等人摒弃了六朝文章的矫饰之风，主张文有所写，可以说是引发了一次文学革命。但其实早在初唐时期陈子昂与张说就已经给世人树立了典范。另有一件讽刺的事情是，同是初唐时期时写成的"四六文"小说《游仙窟》，其内容却包含了许多民间俗语（此书经遣唐使带到日本，从奈良朝到明治时期，一直都是日本人最喜爱的读物之一）。连四六文中都有如此多的俗语，那么普通文体的文章中掺杂民间俗语更是平常事了。从唐到唐末的五代时期，有许多文章，特别是佛教故事都采用了这种掺杂民间俗语的写法，学者们称之为"变文"。

唐朝时期，中国还出现了由文言文写成的类似短篇小说抑或是童话的小故事，至今仍被世人广泛传诵。比如主角为救龙女前往龙宫而被款待，坏人平日欺凌弱者而受到惩罚变成老虎，还有一个人因为打了一个盹儿就被带去蚂蚁王国成为了驸马等很多有趣的故事。中国文学史上称之为"唐传奇"。

虽然唐代的文章已如此有特色，但唐代文学的代表地位依旧非唐诗莫属，其中唐玄宗时期更是唐诗的黄金时代。玄宗皇帝因安史之乱逃往四川，在逃亡途中被随军逼迫，无奈赐死了自己心爱的杨贵妃，成为白居易（772—846）悲剧长诗《长恨歌》里的悲情主人公。

唐代开国时期三藏法师前往印度留学取经，他回国之后佛教开始在中国逐渐盛行。在唐朝当时的思想界，较之儒家学说，可以说佛教和道教更具有统治地位。唐朝和尚中也不乏会作诗的僧侣，佛经也不断地被他们翻译成汉文。

直到唐朝灭亡前夕的894年，日本还一直不断地派遣唐使前往唐朝学习。唐以前的文学作品被日本人当作本国的古籍一样对待，为人们所喜爱，这些文学作品也给日本文学带来了非常深刻的影响：751年日本出现了一部全由日本人所做，名为《怀风藻》的汉诗集，徘人松尾芭蕉的创作生涯据说也是受到了晚唐诗人杜牧很大的影响。

唐之后的五代十国（907—959），天下大乱，道德衰败，没有什么正统的文学作品问世。只有一种句子长短不一，句尾押韵，为迎合音乐而作，被称为"词"的诗歌体裁取得了长足的发展，其中以南唐二主的词最为有名。之后到了宋朝（960—1276），词越来越流行，取得了如同唐诗之于唐朝一般的代表地位。这种文体至今仍被世人称为"宋词"。事实上，词早在唐朝时就已出现，因为它很像唐诗衰退后的变体，因此又被称作"诗余"。

宋朝除了填词以外，也有许多作诗撰文水平很高的人，其中最著名的当属北宋时代的苏东坡（名轼），以及南宋时代的陆游（号放翁，1125—1210）。苏轼的诗明快大气，同时也创作了大量的词；而陆游的诗沉郁悲怆，与杜甫有相似之处。

宋朝文学史上还有一个不能被忽略的是平民口头文学的萌芽。由于受北方金国的侵扰，北宋政权不得不于1127年把都城由河南开封南迁至浙江杭州（临安），从此开启了南宋时代。自那之后，街头说书人的话本（加上五代十国时期的"变文"）成为了中国大众文学的开端。这些作品也是短篇小说的一种，明末时期有人将之收集编册，不料竟达两百余篇。其中一部分还流传到了江户时期的日本，作为"读本"成为日本平民文学的一部分。日本非常有名的绀屋高尾的故事据说就是根据中国的话本改编而成。自宋朝至明朝，许多与长篇小说一样有名的短篇口语小说流传下来，并被收录进中国的《今古奇观》中。

1276年，宋朝终究还是被北方的元朝（1276—1367）所灭，中国进入了元朝统治时代。作为未开化的蒙古人，元朝人并不懂得欣赏中国的古典文学，因此一种一看就懂的戏曲开始在中国流行开来。中国的戏剧由唐玄宗设立歌剧学校"梨园教坊"起开始步入正轨，至宋朝已有了专门的机构，著名词人周邦彦曾任其长官。原本词的发展就是因为音乐，而音乐又和戏曲分不开，所以词与戏剧结合在一起可以说是再合适不过了。因此，元朝时"词"演变成"元曲"（又被称作"元杂剧"），并形成了完善的戏曲体系。

元朝的戏曲剧本多由北方人所作，其唱法也多使用北方方言，因此又被称作"北曲"，平时所说的元曲即是北曲。曲原本又是由词演变而来的，所以又被称作"词余"。与北曲相对，明朝时期在南方盛行的戏曲则被称为"南曲"，又叫作"明曲"。北曲的音乐与歌曲多激昂澎湃，南曲则相对清雅婉约。南曲又被称作"昆曲"，在明清时期流行于贵族之间，如今其地位被京剧所取代，已不复当年之盛。

中国人特别喜欢戏曲，一个业余戏曲爱好者都能技巧高超地唱完一出戏。每逢喜事或者节庆时分，中国人首先就是要唱戏。政权虽几经更迭，但中国人的喜好却始终未变。借助戏曲倾吐对社会的不满在历史上也是常有之事。

或许其他国家也大抵如此。在中国，一个时代出现了具有代表性的文学形式，那么在以后的其他时代同类型的文学作品便难出其右。唐诗、宋词、元曲都是在其出现的时代里迅速发展攀升至顶峰，然后又走上下坡路。

到了明（1368—1644）、清（1644—1912）时期，小说成为代表性的文学形式，中国出现了多部鸿篇巨著。现在我们挑选几部主要作品加以分析。

《三国演义》

在日本经常能看到大众小说家和儿童文学作家改编的《三

国志》作品，但《三国志》其实是中国晋（六朝）代时期完成的正史史书，并非小说。小说中往往夹杂着口语，故事内容略显夸张，一般叫作《三国志演义》《三国演义》，或者直接叫作《三国》。故事以东汉末年三分天下的魏蜀吴三国争霸为主题展开，从唐朝开始就有说书人讲评，到了宋朝，其至还有专门讲三国的说书人。元朝时期这个故事被制作成绘本出版，也常被用来当作元曲的题材。奸雄的曹操，睿智的诸葛，勇武的关羽、张飞，这曾让多少的古代中国人热血沸腾啊。

话说回来，《三国演义》的故事在如今的日本发展成长达两千页的长篇小说其实是从明朝初年开始的。这部小说的改编据说是由好几个大众文学作家相继撰写增删才最终完成的，作者并非只有一人。中国其他几部长篇小说的改编也是这样完成的。因此也使得内容显得有些凌乱，但这并不影响《三国演义》的人气。日本早在元禄年间就已经引进这部作品，直到现在仍被广泛阅读。

《水浒传》

这个标题的意思是"水边的故事"。这部小说讲述的是北宋末年，中国山东一个叫梁山泊的旁边有一个山寨，寨中聚集了一路英雄好汉与当时的政府军对峙的故事。作者与其生卒年均不详，小说大约是明朝初期至中期完成的。文章用古代口语体书写，内容通俗易懂，较之《三国演义》更加段落有序，层次分明。这部作品是中国大众文学在世界上都足以为傲的杰作，已经被译为多国语言。在封建时代，这部小说中的人物都被冠以"强盗"之名，但实际上这是一种革命小说。小说主题是向世人发问：在道德沦丧、党阀相争、人们追名逐利的时代，最终将会出现怎样的结局呢？不管如何，这是一部充满奇异和暴力的有趣的小说，自从德川吉宗时被一个名叫冈岛冠山的人引入日本后，就一直被广泛阅读，至今仍有新的译本出现。

《西游记》

大家在童年时期肯定都看过关于孙悟空的漫画故事吧。《西游记》讲述的就是那个孙悟空和猪妖猪八戒以及少言寡语的沙悟净三人一起护送三藏法师去西天取经的故事。孙猴子聪明伶俐，与各种困难做斗争，不仅有趣，似乎也在诉说着一些人生哲理。这部小说的原型本是一些传说和游记，后来经过许多人的传播和加工，滚雪球似的变成了一部长篇小说，最终在明朝中期经由吴承恩（1506—1583）之手得以完成，就是我们现在所读的这个版本。

这部《西游记》和《三国演义》《水浒传》一样都是长篇巨著，现代人要读许多书，由于时间有限，要读完任何一部都相当困难。虽说这部小说内容有趣，但由于开头铺垫较长，叙事分叉较多，难免也会有人感觉枯燥。

《儒林外史》

明清时期，政府用人采用科举制度，所有人皆为此而读书。但是当时只想着能考中科举，无视道德上的修养，又不顾是否对社会贡献的人比比皆是。清朝初年的吴敬梓（1701—1754）看到了如此荒谬的世界，便写下《儒林外史》来讽刺世人皆想当官的社会现象。

《红楼梦》

这部长篇小说完成于清朝初期，从内容上看可以说是中国的《源氏物语》。作者曹雪芹（1719—1763）（当时的"斜阳族"[1]）用细腻的笔触向世人展现了封建贵族大家庭的真实兴衰史。只是他本人在还未写完这部小说时就去世了，剩下的三分之一是由别人完成的。

《聊斋志异》

这部小说集是用复杂难懂的文言文写成，其中记录了四百余篇不可思议的鬼怪故事。狐女嫁给人类、人类变成蟋蟀、鸟类复仇等，更像是一部"大人的童话"，而非近代小说。从种类上来说大致属于"唐传奇"。作者蒲松龄（1630—1715）是中国山东农村的一个读书人，几次参加科举皆以落榜告终。闲来无事的他通过收集编纂这些怪谈故事以排解内心愁苦，最终完成了这部《聊斋志异》。

中国在1912年（日本的大正元年）进入了一个共和制时代，史称中华民国。而在这之前的几十年间，由于清政府的腐朽堕落，不仅是普通百姓，就连一些官员都认为清政府"如此下去将难以为继"。而那些连官都做不成的知识分子更是如此，他们唯有通过写小说的形式来发表自己的意见，表达内心的不满。

当时中国也出现了一批翻译西方自然科学书籍和小说的知识分子。早在明朝末年就有西方天主教传教士来到中国，翻译并出版了西方天文学及数学方面的书籍。1840年鸦片战争之

---

〔1〕由1947年文艺杂志月刊《新潮》连载的太宰治的《斜阳》所诞生的流行说法，指没落阶级。

后，更有西方基督教新教的传教士以及各国外交官、商人来到中国，传播西方的科技与思想。中国本土方面也有广东学者康有为（1858—1927）出版了《大同书》来宣传他的"大同世界"的思想。其门人梁启超（1869—1929）则在日本横滨创办了杂志，试图改良一直以来的文章写法。

中国在几千年之前就已出现了唐朝的变文、宋代的话本等口语体抑或是接近口语体的文章书籍，此外也有宋词、元曲、明小说等卓越的文学形式，然而一直以来正式文章依然必须要用文言文来撰写。文言文（日本人所说的汉文）不管时空如何变幻都一直被作为通用语言使用，而且有一种无论哪个时代、哪个地域的人一看便懂的便利。但是由于文言文和人们平时交流所用的口语有很大不同，所以不论是读还是写都必须要先在脑子里翻译一遍才行。此外又因为它多使用一些语言符号，总让人感觉不合时宜。就在这时中国爆发了一场文学改良运动。（如同日语把なり。けり。改为である。だった。）

这次运动被称为"文学革命"，由旅美留学生胡适在 1917 年率先发起。胡适倡导写文章："一须言之有物。二不摹仿古人。三须讲求文法。四不作无病之呻吟。五务去滥调套语。六不用典。七不讲对仗。八不避俗字俗语。"与胡适志同道合的陈独秀则在其之后发表了一篇《文学革命论》的文章来提倡"推倒雕琢的、阿谀的贵族文学，推倒陈腐的、铺张的古典文学，推倒迂晦的、艰涩的山林文学"的"三大主义"。这次运动获得了绝大多数师生的拥护，当时的国民政府也因此顺应时局在 1920 年将文言文体的小学教科书更换成白话文。从此小学只学习国语，只有中学及以上才学习文言文。不仅教科书发生了变化，学者们也都使用白话文来撰写论文。

当时的新闻报纸、广告、日常书写的书信及其他文书依然使用文言文，但文学作品如小说、评论、戏曲和诗都开始使用白话文了。在这场"文学革命"之始，文学造诣很高的文学家鲁迅（原名周树人，1881—1936）应时发表了著名的《阿Q正传》，可谓锦上添花。小说主人公阿Q向我们展示了从封建君主制向共和制转型时期，缺乏时代自觉性的人物形象：一个生活在社会最底层的苦工，明明脑袋空空，却又看不起别人，被人一挑拨就跳脚，十分可憎。

除鲁迅之外，还有以北京大学为中心成立"文学研究会"的一些学者，以及在上海创办《创造社》的旅日留学生们。他们也积极介绍小说，介绍文学创作方法，引进外国文学。经过他们的推动，中国文学开始走向近代化，至第二次世界大战爆发已经出版并发行了许多杂志和单行本。同时，新型戏剧也得到了充分的研究并搬上了舞台，电影行业也日益繁盛起来。

二战前就已经出名的作家有：茅盾、叶绍钧、沈从文、巴金、老舍等人，他们以长篇小说及大量的短篇而闻名于世；还有剧作家田汉、曹禺；评论家周作人、郭沫若、林语堂等。此外还有进步女作家丁玲，以及在中国长大的外国女作家赛珍珠，她的作品《大地》曾获得诺贝尔文学奖。

第二次世界大战后，中国开始走向社会主义。1949年中华人民共和国成立，中国的文学研究与创作开始转向为人民大众为中心。同时，中国文学界批判了三十年前的那场文学革命指出不仅在思想内容方面，文体等方面都需要改进。中国的书面语是汉字，但是大量使用书面语容易有写出艰涩难懂的文章之倾向。因此，使用尽可能少的书面语来创作人人皆懂的文章成了人心所向。另外，长久以来不被民间所重视的诗歌和戏曲等也被提上议案，重新进行了讨论。战后的作家中除赵树理之外，战前的丁玲等人也依旧活跃在当时的中国文坛。

从诗经到现代诗

　　诗歌可以从多方面展现一个民族的语言特征，中国诗歌也不例外。由于汉族在中国人口中一直占有绝对多数，因此我们平时会把中国的语言文字称为"汉字""汉语""汉文"，而且我们从其中理解和联想到的语言性格也是汉民族语言性格的一部分。有史以来，这种方块汉字就一直起到规范中国国民语言的作用，就连一个没上过学的文盲，都知道"一言"就是"一句话"的意思。若想知其由来，我们需要先考虑汉字的形状和意义。汉语词汇通常是由两到三个字组成，如果是成语的话则可能有四到五个字，这种情况也并不稀奇。比如，既可以用"汉文华语"这个四字熟语表示中国书面语和口语体的总称，同时"汉文""华语"又可以分开使用，甚至"汉""文""华""语"各自又有其独立的含义。也即是说汉语的每一个字都有其独立的意义与发音，就连"矣""也"等助词也不例外。

　　汉字至今已经拥有几千年的生命力，究其原因——姑且不论在近代生活中沟通的方便与否——是因为它符合汉民族的语言习惯。汉民族的语言在出现汉字之前就与其他语系有较大的差异，其第一特征就是音节上每个字节的音节长度大致相同。原本就喜欢整齐划一的汉民族在语言上也毫不例外。从现存最古老的诗歌的各音节来看，诸如 kiog、tiog、giog、liog、tek、biuk、tsiek、tseg、giug、mog、glak 等切韵虽然与现代汉语相比略有差异，实际上究其本质仍是以相同的法则组成的。

由于汉字的音韵构造便于押韵，中国很早就把押韵列为作诗的重要条件之一。虽然汉语在发展初期并没有明确规定每个音节的音调，但公元后的几个世纪后就开始有人研究音调分类理论了。由此可以判断，公元前实际上已经有人考虑过音节为何物了。梁代人沈约（441—513）曾著有《四声韵谱》，把汉字的音调分为"平、上、去、入"这四种声调，之后隋唐宋元等时代的《韵书》对诗的音韵进一步增改补全并加以细分。受之影响，日本的汉诗诗人仍保留讲究"合平仄"的习惯。除了这种为迎合语调而句尾押韵的技巧之外，还有"重音"（相同音节多次出现）、"双声"（句首元音一致，即西方诗歌的头韵法）、"叠韵"（句尾辅音一致）等写作技巧。

中国诗不仅在音韵方面有以上特点，文字方面也与西方文字的拼写方法不尽相同，即西方采用表音形式，而汉字则是一种视觉型的表意文字。虽说西方文字利用字母拼成单词也会给人一种视觉上的印象，但呈现的效果完全不及汉字直观。汉语原本又被称作孤立语，单词词尾没有词形变化，而且每字每句都由固定的汉字表记，所以用这种语言作诗就好比是下五子棋，或者说铺石板路一样简单。有了写诗的格式，后人只需按法则来罗列字词即可。因此，汉诗中就有了许多通俗却单调的语句出现。像骈文和律诗这种巧妙对仗的美文和美诗的出现，也可以说是汉语语言文字自身特点所带来的必然结果。虽然有一些大诗人能够在这种机械的诗歌创作规则下仍能展示出自己鲜明的个性，但大多数作品都只能流于表面和简单的押韵之上。

《诗经》和《楚辞》作为中国诗歌历史的开端，对后世诗歌创作产生了深远的影响。《诗经》收录了公元前1000年至公元前600年的中国地方民歌、宫廷乐歌和宗庙颂歌，其中国风（各国民谣）部分最富人情味。虽然这部分是统一由官方学者代替那些目不识丁的平民记录下来的，中间甚至还有一些非平民用语，但字里行间还是展现出了普罗大众的生活气息。纵然后世有一些毫无诗歌素养的注释家牵强附会地生搬硬套，或是进行某种利己主义的政治解释，都不能给这部最古老的诗歌集增添任何附加值。

正如《诗经》所示，中国古代北方的歌谣从春秋中期开始衰落，直到战国时代，中国南方才出现了一种新的诗歌形式——楚辞。楚辞之称源于收录了屈原、宋玉（同为公元前300年左右）等人的朗读诗集《楚辞》。朗读体的诗文又被称之为"赋"，因此又可以统称为"辞赋"。"赋"的本意是指"原原本本地叙事""不唱而诵"，严格来说就是介于歌与文章之间的一种中国特有的文体。与充满激情和惯用讽刺手法的屈原相比，宋玉的辞赋则工于辞藻、善于叙事。由于宋玉创作了更具文艺性的朗读体诗歌，对汉代辞赋产生了深远的影响。汉魏古赋、六朝俳赋（俳即骈，注重对仗）、唐代律赋（对仗之外讲究平仄）、宋代文赋（蕴含道理的散文）等虽各有特点，但归根结底仍属于朗读诗系列。

屈原的《离骚》是楚辞中最为知名的一篇，因此楚辞又被称为"骚赋"。汉代政治家贾谊有《吊屈原赋》，司马相如则因描写武帝狩猎场景的赋辞藻富丽，结构宏大而得武帝赏识，他的这种赋也成了批判王侯贵族生活的证据。汉武帝时政府设立了掌管音乐的机构——乐府，用来收集民间歌谣和诗人作品，长官由深得武帝喜爱的音乐家李延年担任。从这时起，新的歌曲（即新声变曲）开始被不断地创作出来。这些新创作的歌曲也因这个机构的名称而被统称为"乐府"。乐府诗受到了当时流行的西域（中亚）音乐影响，如同流传现在的乐府诗所示，一句多为三字、五字和七字等，这在当时是一种新的节奏和形式。楚辞一行大多七八字，但和诗经一样的四字句也为数不少。辞赋本就不是诗歌，诗经本身也并非是民众原本所唱的内容，而是那些官僚大致整理所做的。在这一点上，乐府诗虽然在语言上没有太大改观，但也不得不说它给当时的文坛展示了一种新的可能性。

汉族和异族的战争导致了苏武牧羊、李陵兵败投降等悲剧事件的发生，还有刘细君远嫁乌孙、王昭君匈奴和亲、蔡琰被匈奴所俘等悲情红颜的故事。不仅他们自身放声悲歌自己的不幸，诗人也把他们的故事当作创作题材写进了自己的作品中。但另一方面，也有汉末曹操父子三人这样既是掌权人，又是文艺发展推动者的诗人存在。曹操执政时期还有以王粲为首的"建安七子"，若不是赤壁之战曹操兵败于刘备孙权，或许中国的诗歌会往别的方向发展了。三国时期（包含曹操所创建的魏国）创作了众多的乐府诗与古诗。其中由于社会环境的恶劣，也出现了一部分有厌世情怀的诗歌，《孔雀东南飞》就是其代表作品。

三国之后，一统中原的晋朝也很快分裂，外族统治北方，将晋朝政权赶至了江南。晋朝之后，中国又出现了宋齐梁陈四个短命王朝，包含了这前后的六朝时代，亦可说是因动乱而引发内省的时代。北魏时期（公元 5 世纪），中国通往中亚的交通得以修复，佛教开始在中国广泛流传，随着梵文文献的汉译也使得音韵学变得十分发达。提出"四声"的沈约再次提出了"八病说"（诗歌创作上的八种缺点）。由政治和宗教带来的新的创作动机，以及通过音韵意识习得的精密技巧，赋予了六朝时代的古诗具有一种几乎过剩的人工美。从汉末便开始初现端倪的唯美主义此时逐渐显现，例如像《昭和文选》这种专以文体美为标准的诗文集出现。绘画与书法也从这个时代开始和诗文结下了不解之缘。不管时局好坏，那些讲究风雅的诗人在生活中连日常会话都仔细雕琢的样子，在那部非六朝文体的《世说新语》中被展现得淋漓尽致。这种现象可以说是汉代辞赋的遗风，也可以说是它的新发展。也有很多诗人为了彰显美感而不惜大量运用比喻和对偶，写出了毫无内容只是单纯堆砌辞藻的诗句来。包含辞赋在内，凡是追求对仗主义的文章都可以称之为"骈文"。之所以叫"骈文"是因为四字、六字的对仗句很像四驾和六驾的马车。这种绝技，只有单音节发音、单汉字表意的汉语才能够做到。而且骈文还讲究押韵，即使不押韵也要做到平仄有律。

　　但是，这种对于骈文的喜爱并非是六朝时代所特有的。可以说左右对称或者说追求偶数主义本来就时汉民族文化的基本特征之一。天对地、日对月、男对女——中国人认为万事万物皆是成对的。虽然世界上所有的国家和民族都对成对的事物有一种天生的安稳感，但像中国人这样彻底的对偶主义者极其少见。古时《易经》的解说文以及《诗经》的序文都是用骈文调子写成。近代也有不少留学欧美的中国人采用四六文体写家书的。不知是否是在反省这一本性，唐代有韩愈等人发起了反对四六文的"古文运动"，民国时期则有胡适等人发起了"白话运动"，将过分追求对偶作为主要反对目标。但是，在中国人的日常生活中，对偶的事物随处可见——门前张贴的对联、礼品的数量、房屋的构造等无不印证着这一特点。

　　不论你是否承认汉民族具有这种根深蒂固的对偶习性，汉民族的诗首先就是以一行四字的形式登场的，也即以《诗经》为代表的所谓四言诗。但是，汉魏六朝时期又出现了一行五字的五言诗。作为一种新体诗，五言诗在之后也被发扬光大。五言诗最早的诗集当属《古诗十九首》，阅读其中的诗歌会给人一种四言诗所不能表达的新鲜感和真实感。"竹林七贤"的中心人物阮籍的诗《咏怀》便饱含这种真实感。晋末陶渊明的诗，真实之余还有一种身处田园的亲近感。然而陶渊明之后南北朝时期的诗，纵然也是以大自然为题材，但是皆因过分工于技巧，以至于迷失了诗的中心思想。南朝最后的王朝——陈朝陈后主更是令后人印象深刻的颓废诗人。"宫体诗"这种乐府形式的诗歌也是首先出现于南朝梁、陈王朝的宫廷中。在题名中可以添加"歌、行、引、曲、吟、辞、篇、调"等字是乐府诗的一大特点，像《子夜歌》等吴歌和叙事诗《木兰辞》等当时的民间歌谣，吟诵起来当真是颇具趣味。

乐府诗都有各自的曲调，也就是与古诗有所区别，只是后世越来越多的古诗都只是徒有乐府之名罢了。南朝梁武帝（萧衍）喜好乐府，其子昭明太子（《文选》编者）及其弟，也就是后来的简文帝都喜好文学，因此当时兴起了一股研究诗文创作的风气，也出现了《诗品》《文心雕龙》等诗论和修辞学的专业书籍。此后，由于音韵意识的增强和外族音乐的刺激，汉诗的重心也移到了比之前更为复杂的写作规范上。从周朝始至六朝末，诗可以分为"四言、五言（古诗）、七言（古诗）、歌行（乐府）"四大类，这些都属于"古体诗"。之后，与之对应的"近体诗"才开始发展成熟起来。

近体诗成熟于唐朝。与汉朝一样，唐朝也是一个社会安定的王朝，并在艺术方面取得了十分耀眼的成就。受道家思想浸染的佛教（禅）使这个时代的诗人展现出了更高的风采。社会上也不断地涌现出一流的诗人，中国诗迎来了黄金时代。在唐朝，能与汉文相抗衡的只有诗。据清朝康熙年间编纂的《全唐诗》记载，其中仅作者就有 2200 余人，作品数更是高达 48900 余篇。不单单在数量上，在诗的质量上唐诗也有了大幅度的提高。汉、六朝时期所谓的古体诗并没有那么严格的规则，与此相对，唐朝诗人则通过格律作诗，创造出了"近体诗"这种新体诗。近体诗包含"律诗"和"绝句"两种，其中律诗又可细分为"五言律诗、七言律诗、五言排律、七言排律"四种，而绝句则可分为"五言绝句、七言绝句"两种。五、七都为奇数，与汉民族自古以来的偶数主义相比似乎寓有当机立断之意，这是随着诗句的发展为了更好的押韵而带来的平仄变换的结果。诗句的发展而导致的平仄变换以及为了押韵等原因，就效果而言，五言七言和六字八字并无差异，甚至更要高于六言八言。

唐诗之所以能得以完善以至大放异彩，除了诗歌本身的客观发展进程之外，社会环境也起到了很大的作用。六朝之后贵族没落，中国变成文人官僚的天下；唐太宗、玄宗、文宗本身就是诗人；随着国际交流的增强，外国音乐节奏的引入而带来的新鲜感；与六朝相比，宗教气息更加浓厚；还有完全不像宋朝那样被儒家思想支配的开放的思想，都是唐诗发展繁盛的原因。其发展结果就是像《竹枝词》《柳枝词》这种风俗歌谣不再只是民间专利，宫廷诗人也开始创作；《长短句词》等字数不一的歌词也开始变得平常化。

"律诗"形式复杂，四联中颔联、颈联需对仗工整，"排律"则要比"律诗"更长更复杂，也因如此没有广泛流行。相比之下，"绝句"是四句一首的短诗形式——就算句尾需要押韵，对一般人来说也容易创作。这种诗歌形式早在南朝时代的民间歌谣《子夜歌》中就已出现。大众文化传统与唐朝文人的官僚作风相碰撞融合，不管阶级上下、地位高低，似乎每个人都能创作出一两首诗歌，就算不会作诗至少能够读懂诗歌。从汉民族的语言特点来看，一句七字的"七言诗"恐怕已经是其语言形式的极限。"七言诗"能够大众化首先需要稳定的社会环境，而唐朝稳定的政局为其提供了社会基础。因此也就不难理解为什么唐诗的重头戏在"七言"了。

按照自古以来的习惯，唐诗的发展可以分为"初唐""盛唐""中唐""晚唐"四个阶段。虽然初唐时期（唐玄宗以前的一百年间）的唐诗整体上继承了六朝美文的遗风，但被称为"初唐四杰"的王勃、杨炯、卢照邻、骆宾王给我们展示了当时一种特有的以人为本的创作风格。此外，复古派中文风朴实的陈子昂，集七言诗平仄之大成的沈佺期、宋之问的历史功绩也不容忽视。到了盛唐时期（唐玄宗开元、天宝年间的四十三年和之后的十年），李白（701—762）和杜甫（712—770）出现了，二人创作出了足以令后人尊称为诗仙、诗圣的作品。一个浪漫一个流离，一个超然一个感性，一个豪迈一个沉稳，一个直率一个倔强，虽然他们之间有着种种不同，但这两位同时代的诗人不论谁都是才华横溢，富有人情味。他们的诗中，虽说七言诗最能代表两位诗人的性格特征，但他们其他形式的诗也都非常卓越。李杜之外，盛唐诗人中还有自然派的王维（699—759）、孟浩然（689—740），悲壮派的高适（760年死）、岑参（活跃于760年左右）等皆为世人所熟知。

中唐（代宗大历元年至文宗太和九年）的代表诗人有白居易（白乐天，772—846）和韩愈（768—824）。两位诗人都继承了杜甫的创作风格，白居易偏好创作像与人谈话一般的诗，韩愈则喜欢将诗写得如散文一样。白居易的好友元稹（元微之，779—831）也继承了杜甫那种通俗的诗歌创作手法。白乐天的诗在他在世之时就已传到了日本，并收录在《和汉朗咏集》中。

白居易的诗歌在日本人中居然有如此高的人气想必也让许多古代中国人意外吧。宴会诗可以说是唐诗的全貌，它并没有认真考虑其社会性与大众性。尽管在中唐时期也有许多陶渊明式的田园诗人，可到了晚唐（文宗开成年间至唐朝灭亡），诗人们开始使用具有强烈感情色彩的词语，杜牧（803—851）、温庭筠（859年左右在世）、李商隐（李义山，813—858）等皆是其中代表。晚唐时期还出现过农民诗风的通俗创作风格，只是作品上未见其精神高度。中唐时期以寒山、拾得为象征意义的禅诗却以其庶民性和超然性的融合，而深受日本读者喜爱。唐代中期开始寺庙中兴起了"俗讲"（以普罗大众为读者的讲座）、俗讲所使用的文本是一种含有独特歌词的变文，这一点最近引起了许多学者的注意。

唐代的歌词基本上是以律诗和绝句为主。盛唐时期李白即兴而作的《清平调》既是七言诗的定型之作，同时也是一首歌词。唐玄宗开设的"教坊"则相当于现在的歌剧学校，也是流行歌谣的中心发源地。中唐时期的白乐天刻意地创作出不定型的诗词并称之为"新乐府"，晚唐时的温庭筠等人则根据外来曲调创作出长短句，也即为不定型的歌词。诗人们根据乐曲填写出的这种不定型的歌词可以简单称为"词"。词从唐末、五代时期兴起至北宋发展繁盛，成为宋朝代表性的诗歌形式。上至王侯贵族，下至婢女妓女，深受所有阶层喜爱。北宋时期的词人柳永（1034年进士及第）所创作的诗词竟达到了"凡有井水饮处，即能歌柳词"的程度。与之相对，就算同样的词牌，苏东坡的创作就会脱离音乐本身而变得粗犷起来。到了南宋时期，也出现了许多有名的词作家。只是那些传统的词作形式虽然流传至今，但乐谱大多遗失，仅仅留下了词牌名。宋之后的金元时代，戏曲开始流行，元曲成了这一时代的代表，这种曲也是由词发展演变而来的。北方的曲种衰落下来，南方的曲种在细节上也与词极为类似。所以即便是仅从民间词语的自由搭配和押韵手法的使用来看，我们有必要重新认识元曲以及后来明清时期的戏曲也都属于诗的一种。

由于唐诗的成果过于伟大灿烂，对待宋元明清时期的传统诗总会有一种过低评价的倾向，但其实宋诗会给人一种取唐诗之精华舍弃其糟粕，从而保留了诗"心"的感觉。宋朝虽被称为散文的时代，但欧阳修（1007—1072）、苏东坡、黄庭坚（黄山谷，1045—1105）、陆游（陆放翁，1125—1210）等人却仍不失作为大诗人的风范。到了元明时期，虽然当时的诗风与诗人都略显小家子气，但高青丘（高启，1336—1374）等诗人仍散发着唐朝诗人的气概。另外，李攀龙（1514—1570）、王世贞（1526—1590）等人深受江户时期的日本人喜爱。清朝的王士祯（王渔洋，1634—1711）、袁枚（袁随园，1716—1797）同样如是。清末诗人黄遵宪也曾在明治初年到日本游玩，创作出许多带有日本风土、社会制度的新鲜诗歌。和日本江户时期同时代的清朝，诗人的数量也并不算少，只是富有个性的作品太少，诗沦落成了学者们的装饰品。

进入1912开始的民国（中华民国）时期以后，胡适等人发起了"文学革命"，并取得了一定的成果。越来越多的人开始反对过分引经据典、乱用对偶而缺乏自主思想的作品，特别是传统诗歌的通病"无病呻吟"更是被人猛烈抨击。1920 年后，小学教育大多以口语为主，因此原本就在走下坡路的传统诗文就更被置之于后了。然而，由于倡导革新的阶层本身就具有潜在的保守性，以及作为革命家自身实力的不足等原因，以口语体创作的自由体诗虽历经十年但却未能取得成功。另一方面也是因为他们忽略了一个最基本的真理：诗（广义上的）必须要有韵律才可称之为诗。若非几经推敲、煞费苦心，断不能写出真正的诗。1949 年中华人民共和国成立，在此之前从未获得过关注的民间秧歌（插秧歌）被搬上了舞台，然而对照一般诗歌的创作标准来看，仍给人一种心有余而力不足的感觉。

人生与诗歌

作为日本人，我们提起诗歌，首先想到的肯定是日本的诗。

而在这个不适合生存的岛国上已经活了半辈子或者说大半辈子的我们，虽说一直热爱着艺术，但在热爱艺术之前我们首先想到的是要热爱人生，热爱生命。

我们并不认为讨论无益，但我们又与那些从事轻松的知识型工作却能拿到高报酬、并能安身立命的人立场不同。对于作为平民的我们来说，与其讨论艺术，倒不如好好去经营自己的生活。

当我拿到"人生与诗歌"这个题目的时候，首先想到的就是这些。

然而，我们的祖先也并非一直只思考日本诗。诗原本就有中国汉诗的意思，除此之外还有我们的歌（和歌）和句（俳句）。直到现在仍有很多人把它们统称为诗（poetry）。在日本，汉诗、和歌和俳句是三种形式不同、相互独立的诗歌形式。然而鉴于

《怀风藻》和《万叶集》是由同一时代同一类人群编撰而成的，且俳句鼻祖松尾芭蕉也曾尝试找寻和歌与汉诗的渊源等，所以这三种诗歌形式之间又有着相互交错的可能。

汉诗感叹世事变迁，和歌咏叹人情冷暖，俳句着眼于万物之寂——虽然在情感上，这三种诗歌形式之间存在一定的密度差别和角度分歧，但若将这三者放在一起与西方诗作比较的话，它们又给人一种"气味相投"的感觉。究其原因，可以认为是由于诗人的自我弱化或者说自我虚无化所致。相比之下，西方诗特别是一些有宗教信仰的诗人在作品中会在歌颂神明和大自然的同时把自我强加进去。当然这并不能说明我们的诗就是低人一等。

认为西方诗单纯，并把它其与东方的汉诗、和歌、俳句以及其他"种类繁多"的诗相对立起来的，是那些面对西方文化产生了自卑感的日本人自以为是的论调。西方诗绝不单纯，相反也是五花八门。而且无法否认的是西方诗中既有读之便令人生厌的歪诗，也有一些低级恶俗的诗存在，比如那些经常依靠添加圣经句子的诗和一味罗列抽象名词的诗。而且也并非有名的诗人所写的诗就全是好诗，甚至出现了只要将作者名字改了就完全不知诗歌所云的现象，如此轻浮的诗比比皆是。此外，西方人对于韵头和韵脚的处理也都太过于形式和敷衍。

在西方，诗人是不是被过于看重了呢？诚然，在西方有很多具备宗教、哲学、文明批评等才能的诗人，其中有的人被国民尊为知性的象征，有的人被称为桂冠诗人等并被给予礼遇，这当然不是坏事。东方诗人几乎是贫穷的象征，抑或是行为放纵之人的代名词。而这两种截然不同的特殊对待都是偏向极端的。

到了近代,具有浓厚社会性或者政治色彩的诗人开始受宠,东方诗人那种直接追求个人宁静、间接表达祈愿世界和平的态度被人误解是没有社会自觉性,从而被世人看不起。相反,也有一些人虽一生窘迫,但因展示了独特的"艺术"才能而被世人给予了很高的评价。因为每个人看待事物的观点不同,所以我也并非反对什么。当然我们也不会突然就讨伐那些生存在平静如水的东方一隅、在平凡中寻找一份安宁的人。真正意义的风雅即使达不到抵抗卑俗的程度,但多少会和讽刺之类的批判精神联系在一起。

近代文学中小说和戏曲相对强势,有时甚至稍显暴力。但在东方,在经历了"汉文、唐诗、宋词、元曲、明清小说"等系列文学潮流之后,我们也就不可能无条件地把小说戏剧放在特殊位置了。现在,小说虽然特别强势,但这并不代表它本质上就优越于其他文学形式,而且在千年之后,小说和诗哪种文学体裁更加流传久还远未可获知——如若只承认它们作为文艺手段的价值,那么谁能延续到后世也就无所谓了。

近代的生活要比诗所描述的更广博,对于小说也一样。即便小说想要刻画出生活的所有方面,但事实上它们却常常遗漏了生活的回音与节奏。同样,戏曲也难以描绘出生活的宁静与馨香。如此看来,东方的诗之所以能够历经如此久远的年代仍没有消逝,是因为它本身在起着某种特殊的作用,而不仅仅是因为一些相关人士在尽力地保存它们。所以诗在如今的核动力时代，自不必着急向小说戏曲寻求流行的方法论，同时也不可因为小说只依靠道具，戏曲也存在诸多问题，就认为只有自己才是艺术而自鸣得意。

为了人生的艺术，为了艺术的人生等，这种中学生程度的理论根本没用。需要注意一点的是，艺术——即便是为了艺术而存在的艺术，都无法脱离人的生命而存在。艺术更不能只是那些评论家、大学教员们的稿费来源。

生命到底是在于动，还是在于静？恐怕应该是以静为目的，以动为手段。而这个"动"应该是发展的动，而不是为追逐什么而原地转圈的"动"。一个小说家、戏曲家，无论他在脑海中勾画出怎样一座高山，当揭开帷幕时如果其中没有包含对成长之路的回顾，那么他的作品便毫无意义。当然，如果诗人也仅仅是如同醉酒一样追寻那些虚幻的东西，或者说像一部廉价相机般只是复制出旷野中的小石子之类的东西，那也是没有任何意义的。真正的诗人会像晴雨表一样敏锐地察觉到生命的脉动。

能与生命同步调的人大抵都懂得什么是度。简单来说，东方虽然是封建的、停滞的社会状况，但实际上它不像西方中世纪时期那样，所有人身上都背负着某种人为的压力。所以不管社会如何沉浮，人们都能忠实地面对生命，也没有太多干柴烈火式的激情迸发。而恋爱题材的诗较少，与其说是儒学礼节的束缚，毋宁说是因为人们懂得节度（当然，也与女性地位低下有关）。

面对社会上种种规章制度的制约（虽然被认为是进步的），

那些坚守自然法则的人会将其看作是逆自然的行为，从而尽量避免可能随之而来的风险。这并非是隐士的消极，反而是一种不想被俗世妨害的积极防卫态度。毕竟一个人的能力有限，很多时候我们没法顾及他人。或许从表面上看他们给人一种个人主义的感觉，但是只要是爱惜自己生命的人自然会懂得他人性命的可贵之处。一个真诚的人，一定会在某种程度上持续保持着某种人道主义精神。陶渊明、李白、杜甫，甚至是后来的杜牧也都满怀此种情怀。还有那些如同"枯木寒岩"的禅宗僧侣们、任性自由的俳谐宗师们，他们每个人的心中都流淌着温暖的血液。故而他们被当时效命于大名的儒者、现代的文艺批评家，以及公立大学的教师们批判为"不关心社会"等结论都是毫无道理的。

同理，我们也无法要求近代之前的普通诗人们能有多少独创。毕竟在汉诗的发源地中国，自古以来也都是"述而不作"（陈述古人智慧而不加以创作）的写诗态度，所以唐朝时期的诗人们就已经到了词穷的地步了。迫于无奈，他们开始转换诗的样式，一个新的时代（勉强算是）——由唐诗到宋词的时代开始了。随后日本的松尾芭蕉直接借用中国杜甫、杜牧的诗句以示新意。西方学者用他们自己的方法来评价日本文学等，可谓"后之观今，亦犹今之观昔"啊。

作为平民，与其议论国家大事，不若关心自身生计。须知诗由此而生，歌由此而起，句由此而作。而那些评论家们不用作诗、写歌、撰文，就可以站在某种特权的制高点上指点江山，所以他们想说什么是低俗就可以称什么为低俗。诸如日语没能进化成可以写诗的语言，短歌已经消逝，俳句只是那些大资本家的娱乐，等等。这些只是对当下的一种批判，并不能预言以后。而且对于那些热爱生命的人来说，别人的艺术观点根本不值一提。如果过于在意他人的批评，作诗就会如同那些文艺评论家们一样，仅靠匆忙读完一本书就想毫无差错地理解古典意义，简直难如登天。想起日本文坛上的一些评论家用江户时代的"乱译"方法去研究中国小说，还对其中某些内容做不恰当的评价，真是可悲。

我们日本人经常喜欢说外国人在翻译日本古典作品时没能把原文的韵味翻译出来，然而我们自身是否应该先检讨一下自己在翻译邻国的汉诗时有没有注意到其中的韵味呢？须知以前的汉文化学者，仅因为不懂文言语体而使得多少优美的唐诗被曲解、生搬硬套地强加翻译。就拿李白受唐玄宗之命所作的《清平调》来说，这三首词既包含了对杨贵妃的无限赞美，也包含了一些讽刺的语气在其中。然而人们在阅读时通常会忽视原文的节奏，收起了好奇心以至于领会不到其中深意。

云想衣裳花想容，春风拂槛露华浓。
若非群玉山头见，会向瑶台月下逢。
一枝红艳露凝香，云雨巫山枉断肠。
借问汉宫谁得似，可怜飞燕倚新妆。
名花倾国两相欢，长得君王带笑看。
解释春风无限恨，沉香亭北倚阑干。

释义：云想衣裳，花想容貌，春风拂过栏杆，露华浓；如果不是在群玉山头见到的她，就是在瑶池月下和她相遇的。一枝红艳的花，露水包裹着香味；云雨巫山徒增伤悲；借问她像汉宫里的谁，可怜的赵飞燕化了新妆。名花与倾国两相喜欢，经常得到君王带笑地看；解释东风的无限恨意，倚在了沉香亭的北阑干上。

像这样的解读完全破坏了原文的韵味，据说后记上还写着类似"朕与尔等臣民共祈大德"之类的。然而这三首词当时是结合音乐而作的流行歌谣，绝不是这种严肃的东西。原诗真正的含义应为如下所示：

如云的衣裳，如花的面容，春风微拂，月色正浓。
与君相遇在玉峰，还有那高台的月色中。
红花的露水，凝聚着馨香。情深义重，不是徒劳。
像汉宫里的谁？像美丽的赵飞燕。
人如花般盛开，君王微笑着看着。
风还带着春意，沉香亭里有美丽的妃子。

此外还有一首明朝末年的诗，假借枝与花来描写男女之情：

枝在墙东花在西，自从落地任风吹。
枝无花时还再发，花若离枝难上枝。
被墙隔开的枝和花，花落之后都任风吹走。树枝上以后还会再长花，花落下枝头后便再难相会了。

——如同这首诗描述的一样，日本的诗与中国的古诗似乎也是"难再会"了，这真是一件不幸的事。

民族·语言·诗

早在一千几百年前，我们的祖先就已经开始走上了寻找语言真理的民族之路。"夜久毛多都，伊豆毛夜弊贺崎，都麻碁微而，夜弊贺崎都久流，曾能夜弊贺崎袁"——这是来自遥远异国他乡的，奇形怪状的汉字。虽然汉字既可表音也可表意，但我们祖先却忽略掉了它的表意作用，只是借用它的表音作用加以使用。在音节较短的日语中使用这种组合复杂的语言工具来表记，就像是用刀叉吃米饭一样十分不便。但对于长久以来没有方法去传承文学以及独特思想的日本，这种可以打破时间与空间的工具带给他们的喜悦足以让原本枯燥的记录工作变得不再枯燥。而且在不断使用的过程中，聪明的日本人成功地把这个复杂的工具简单化了，也即成功创造出了假名。这也使得以后的记录工作就像是用筷子吃炸肉饼般简单。

但这个民族用诗歌表达感情时所使用的表达方式并不单一。因大国主命的传说而流传下来的诗歌"八千矛神之舞"为

例: 吾はもよ、女にしあれば、汝を除て、男はなし、汝を除て、夫はなし。（只因我是女儿身，除君之外，再无男人，除君之外，再无我丈夫。）像这种（四六、四四、四五）不规则句式对于后世的韵文来说是非常罕见的，而且它自身还有自己特有的节拍。诚然，这首诗歌是否是这样被传唱下来的尚有疑问，但作为文字记录下来的诗文，能达到这种程度，完全可作为我们的参考资料。

《万叶集》里面的诗歌也一样，与其说是被吟唱的歌，倒不如说是作者写下的独白。如山上忆良的《贫穷问答歌》等，这些作品所传达的那种真实感，让人怀疑它是一部小说，或者说更像是一种戏作。它们在抒情之余大多还掺杂着叙事、记录，并不适合谱上曲子去传唱。《万叶集》中的长歌自不必说，短歌中也带有许多伦理性的声音。

我们不知道考古学意义上的上古时代的日本民族歌谣——非和歌的民谣——是以一种怎样的形式存在，前文所举的"八千矛神之舞"也只是通过语言符号而非录音之类的音响学工具流传下来的，所以其中存在很大障碍。而当时负责收集记录这些诗歌的人大多是学者和官僚，所以诗歌中的抒情成分才会被大量删除吧。具有大众特色的俗语被替换成高雅的语言，呼喊声和插话之类被当作不必要的内容而被舍去。所以这种歌谣必定会随着时代的变迁而变迁，最终失去原貌。在此之前的几千年乃至几万年的民间歌谣也都是这样凭空消逝的。

但是，这并不意味着它会消逝得一干二净，不留分毫。在那以后的时代中，那些与人民生活息息相关的歌谣依旧会随着我们的民族繁衍而流传至今。就算是可以记录时代的诗歌——和歌——若不是以大众歌谣为根本，它也不会作为诗歌的代表形式流传下来。

令人惊讶的是，日本现在广泛流传的五七五七七的诗歌形式早在一千几百年前就已经出现了。换句话说，是对日本人能继承这种诗歌形式并保持一千几百年不变的保守性感到很吃惊。当然，这也并非单纯是因为日本人的保守性吧。

具有两千多年历史的中国汉字，其发音与书写发生了如此巨变，不禁令我们感到非常吃惊。可以说现代中国人所说的"白"差不多就相当于古代中国人所指的"黑"了。例如原本表示蝎子的"萬"字就慢慢演变成了一千的十倍的意思。相比之下，日语虽然也在发音和词意上发生了一些变化，但绝不会出现"イヅモ"变为"アヅマ"，"ツマ"变为"ツメ"这样的反差。而像"八倍垣"变成"八重垣"这样的应该谈不上变化吧。日语是由辅音加元音简单构成，而且还存在元音过多的现象，所以很多时候元音就被弱化或者省略。但是已经成为日本民族心中标尺、已经固定成型的语言节奏却不允许这种现象发生，所以这个民族在用罗马字表记语言的时候，连只有一个辅音构成的促音都要单独算作一个节拍。

毋庸置疑，对于一个民族来说，千百年的历史只能算是摩天大楼的一两层而已。在此历史过程中即使不会发生太大变化，也不能就此断定永远都不会变化。但是这也并不意味着具有千年的历史无法作为丈量今后万年历史的丈量单位。特别是在和别的民族——与我们文化渊源较深的民族——进行比较的时候，我们不得不承认日本的语言基本上没有出现太多的变化。但是我们可以强词夺理地说——我们基本的语言规范（形式），在经过千百年之后仍不失效力。一眼便可看出我们的民族是在有意识地保护这种语言形式。

富有变化就意味着进化吗？进步是一蹴而就的吗？不怎么变化的前进就不是进步了吗？简单的事物复杂化，然后再简单化——这算是进步吗？

这是一个难题，也是一个愚问。如果笨拙地一直埋头研究这个问题，那么你一定会被当成傻瓜。但是，我想说的是——这个世界上有许多像收音机一样能不停地切换波长从而用变换第一频道、第二频道、第三频道的方式给我们提供许多有趣的节目，但是同时存在着诸如装着自动调节装置的器械，它总是以同样的波长、同样的音量来让我们听一些节目。

让我始料未及的是，这种假说被那些保卫传统的人利用了。保卫传统大多具有个人主观的倾向，他们的指导理论与根据科学探究得出的客观理论截然不同。如果传统的形式和内容与诗歌的本质相吻合并能经得住历史的考验的话，即便不去保卫它也会继续传承下去。我们要做的是在面对传统的缺失部分时，能够不先入为主的，通过科学的探究来找出新形式与新内容然后填补上去。在如今这个国与国、民族与民族交流融合，世界趋向大同，人们寻觅万事万物一般原理的时代，这么做也是理所应当的。

中国的诗与日本的歌

昭和二十五年二月的一天，我来到了下目拜访土岐善麻吕先生，同行的还有一位歌人。这个歌人本职是一位医生，十几年来潜心研究短歌，一提到和歌就认真起来，此次拜访土岐善麻吕先生也是为了请教今后和歌发展的情况。土岐善麻吕先生在明治末期与石川啄木等人发起了歌坛革新活动，在那之后无论在娱乐圈还是国语界都有很出色的成绩。但我并不是特意为和歌而来，因此就只是在旁边安静地听他们两人的谈话。

土岐先生是一位很通达的人，脸上一直都挂着淡然的表情。就算是反对他的人，只要对方观点正确，他都毫不避讳地谈论。至于口语短歌他也是抱着极大的宽容态度，无论一句和歌的字数是多了还是少了，只要是和歌的风格就行，同时他也不反对人们在和歌中使用汉语词汇。这足以给人一种打破屏障的畅快感觉。但是，我的这个同伴则一直坚守着和歌自古以来——五七五七七——的创作标准，并严格按照这个标准磨练技巧。

他所作的和歌虽然也是口语体居多，但总体都把字数控制在 31 个字。对此，土岐善麻吕先生的意见是这种定型的和歌就像是具有弹性的皮球，虽然可以反复吟诵，但却有过于单调的缺点。

我虽然并不是研究和歌的专家，不能提出什么负责任的言论，但结合我所学的东西方文学，多少也能给出一点自己的意见。首先，这种通过和歌、短歌、口语歌等形式表现出来的大约 31 字的短诗确实是一种比较特别的形式。虽然西方也有非常短的诗，在中国古代也有四字一行、四行十六字的诗，从字数上来看也就是短歌的一半。但这只是粗浅的比较，实际上由于词汇的比重不相同，因此不能单单以字数多少论长短。此外，我也不赞同"和歌的五七五……的形式是从汉诗的五言七言中获得灵感的"这种说法。这似乎有点牵强附会了。原本日语和汉语在语言学层面上就是完全不同的两种语系，肯定不能这样简单地对比字数的多少。就连同属于印度—日耳曼语系的英语和法语都有音节上的不同，就更不必说用相同标准来比较汉字和假名了。

作为日本特有的诗歌形式，五音节与七音节的配合可以说是由日语的内在本质发展而成的。《古事记》《日本书纪》中的歌，以及《万叶集》虽说距离现在已十分遥远，但是仅从语言这一点上考察，无论语法还是词汇都与现代日语有着惊人的相似之处。比如说"雲"和"妻"当时读作"KUM"和"TUM"，与现在的读音"KUMO""TUMA"相比几乎没有变化。还有"ほなかにたちて"与"たちてほなかに"[1]之间也几乎没有语

───────────────

〔1〕这是古代日本和歌的一种表现技巧，趣同中国的回文诗，二者有异曲同工之妙。

法的变化。因为古代人似乎多用五音节和七音节来说话，所以现代日本人就选用了与之长度大体相近的句子来作诗。如果把"ことだま"（语言的威力）看做是语言的内在精神的话，那么它不仅存在于千年以前，现在也依然存在。

日本诗歌的第一个限制因素当属字数了吧。如果没有字数——准确地说是没有音节数——限制的话，诗歌与散文就会变得难以区分。日本的诗歌既没有西方诗歌与中国诗的韵脚，也没有西方诗的韵律与中国诗的平仄。这些都是日语本质使然，也因此日本的诗歌成了世界上少有的自由体式的诗。字数上的限制成了日本诗歌最开始也是最终的制约。若将此限制去掉，日本诗歌就有变成其他乱七八糟的东西的危险。原本诗歌就有自己特有的技巧，比如盎格鲁萨克逊（Anglo—Saxon）人的诗中就有把眼睛称作"头上的宝石"，把生命称作"玉带"的特别说法，此外那些从国外归来的装腔作势的日本人所使用的日语中也有省略"テニヲハ"等助词和颠倒语序的特殊语法。如枕词、双关语等修饰语和修辞手法仍在使用。但这不仅限于诗歌，也被应用于散文中。像"足びきの山鳥の尾のしだり尾の、長長し夜をひとりかも寝む"等句子，作为和歌是下了不少功夫，但实际上不过就是表达八字汉文的"悠哉悠哉，辗转反侧"而已。由此可以看出这种讲究技巧的诗歌，其第一个限制就是字数上要采用 31 字的标准。如果从中世纪以来的"旅行游记"与明治初年的"铁道歌曲"中将七五调的限制去除的话，或许它们就会变成低能儿的自言自语吧。

相对比较自由的日本诗歌与规范严格的中国诗不仅在形式

上有很大区别，从词语比重到内容质量上也有很大的差异。这两种在质与量上都不同的诗歌由于文化压力和其他原因使得它们在由一方注入到另一方的时候，其融合点是在哪里呢？首先我们想到的是日本平安朝后不久，在那些对中国大陆感兴趣的贵族中流行的"朗咏"诗。当时它还是一种和汉二元的产物，特别是汉诗的部分和后世的吟诗有很大区别，它更像是一种自以为是的直译。中国诗和日本诗歌真正意义上的形式一致是在"流行歌曲"的部分。以"伊吕波歌"开始的流行歌曲采用四句七五调的形式，既有日语的本质也包含汉文化的特质，所以很适合作为"日译偈文"。在《源氏物语》和《平家物语》中被引用的流行歌曲因其形式往往会被人轻视，但不容忽视的是这种形式在历经七百多年之后仍存在于现代诗歌之中。

　　　　古き都を来て見れば、浅茅が原とぞなりにける。月の光りはくまなくて、秋風のみぞ身には沁みる。（盛衰记）
　　　　古都离别意，但见浅茅荒。寒月光如水，秋风依旧凉。

　　这首和歌不仅在结构上达到了中国诗"起承转合"的要求，在语言用词上也完全遵循了日式风格。但是以七五调的形式流传到日本的只有中国的七言诗（具体原因就不在此详细说明了），所以在七言诗之前的五言诗、四言诗——不论在日本是否存在这种形式的诗歌——在当时必然需求通过其他方式表现出来。
　　《诗经》是迄今为止中国现存的最早的一部诗歌总集，其内容多为四字一句。若有人单纯地把它看作是"原始思无邪的居民所吟唱的规规矩矩的歌"的话，那肯定没有考虑过周朝编修官员的立场问题。虽说三千年已经是一个历史久远的时代，但从整个人类的认知和文化历史来看，也只不过是摩天大楼的一层到三层之间的距离差而已。如果调查一下中国现在各个地方的民歌，你会发现并没有四字一句的文言体歌谣。即便有，应该也是暗语式一类的歌谣吧。因此我们很容易想到《诗经·国风》里面的诗歌其实是周朝官员刻意将民谣转换为文言体所得的产物，也就是所谓的"二次包装"作品。因此，如果把《诗经》的内容换作日语来表达的话也就和"佐渡民谣"以及"安来民谣"无大差异。——而我所做的尝试就是尊重诗歌原来的样貌，尽量用相同的形式翻译出来——如：

关关雎鸠，在河之洲。窈窕淑女，君子好逑。

クックッと洲鳥、中洲の砂に。オットリおぼこ、殿御の妻に。

中国自汉代以后，五言诗占据主导地位。后经由遣唐使之手传入日本，之后被收录进《怀风藻》的诗大多也是这种形式。到了奈良时期，中国唐朝已经是以七言诗为主了，但当时的日本仍旧在以中国南北朝时期的诗歌形式为模板。当然，在当时的中国五言诗仍占据重要地位，而且有许多脍炙人口的诗篇流传至今。那么，如果将这种五言诗转换成日语的话，我们应该用怎样的诗歌形式来呈现呢？通过我这几年的研究，我认为以

四五调为宜，具体原因也不再赘述。现以李白的《子夜吴歌》
为例：

长安一片月，万户捣衣声。秋风吹不尽，总是玉关情。
何日平胡虏，良人罢远征。

みやこに月さえて、ひびくはきぬた声。秋風身にし
みて、思うはくにのはて。いくさのにわの人、帰るのは
いつの日ぞ。

除此之外我还翻译并发表了其他几篇类似的作品。

由于四字一句的日语听起来会让人感到异样，所以贸然使
用的话反而会造成词不达意的后果。但我们也不能忘了它依然
有生存于现代日语的可能性。比如说在古代就有四字一句的例
子，如："やどなる、さくらのはなは"（于此处成长的樱花），
"さつきの、花たちばなを"（采一朵五月的橘子花），"天
なる、一つ棚橋"《万叶集》（天空之上，一座棚桥），"枯
野を、汐に焼き"《仁德纪》（借机燃烧枯野之舟）等，只是
习惯了七五调的现代人会觉得有点不自然而已。不仅四字句，
六字句也很有可能出现在现代日语中。如唐代陈子昂的《登幽
州台歌》，原文：

前不见古人，后不见来者。
念天地之悠悠，独怆然而涕下。

对于这种不规则形式的诗，其对应的译文如下：

まえにも人はなく、あとにも人はなし。
あめつちのはてしなさに、わびしくも涙おつる。

唐代以后，诗的固定形式被打破——抑或说形式更加自由——出现了"词"也即"诗余"。此时如果日语还是一味专注于七五调或者五七调的话，就算译文能表达出原文的思想感情，在"形"和"调"上也会相距千里。这种情况下若想要忠实地呈现出原文，我们就需要好好思考，如何在日语允许的范围内尽可能精确地进行翻译。也许最终的结果是不能立即被现代日本人所接受，但这应该也是一种具有可行性的尝试。下面所举的例子是我最初的翻译尝试，译文可能欠缺技巧，我也没有特意再做修改。

富贵五更春梦，功名一片浮云。
眼前骨肉亦非真，恩爱翻成仇恨。
莫把金枷套颈，休将玉锁缠身。
清心寡欲脱凡尘，快乐风光本分。
栄華は春のあさ夢、手がらは空の浮き雲。世の肉親
の頼りなさ、なさけもやがてはかたき。おろかや金の首
かせ、何する玉のくさりぞ。さらりと捨てた俗の欲、た
のしや自然のすがた。

"词"原本就是根据乐曲所填的歌词，不能离开曲子谈调子。只是词后来变成了笔下的文学作品，它的调也就只能用表示文字数量的音节数来度量了。因此在翻译时——虽然甲乙两国的词汇在长度上并不相同，不能一一长短对应——原则上要达到长短句式相对等的标准。如果在翻译时毫不在乎形式，只是译出原文的"情感"的话，即使译者满意，但实际上与原文已经是相距甚远了。

　　在翻译五言、七言诗的时候人们经常忽略这一点。从大正末期开始，有一部分的先驱者开始用日本的新体诗风格来翻译中国的古诗。观其成绩，在一定程度上确实翻译出了原文的诗意，但欠缺翻译方法论。有些译者原本想把四行的中国诗也翻译成日语的四行，不知不觉间就翻译成了六行、八行，即使是同一个人，翻译的方法也千差万别。另外，每一行的调子也是七五、五七、七七等没有一定的标准而随意拆分。因为原文已经是定型的五言、七言诗，所以只有译者本人才能回答为何要如此翻译以及其翻译的标准。虽然单纯靠译文能理解其大意，而且日语也能读得懂，但是它和原文的关系却会改变，成为"翻译式的创作"也即是一种改编。

　　虽说日本人对中国古诗的鉴赏以及介绍最近竟到了这种地步，但那也只是一部分先驱者的行为而已。一般来说大家还是采用汉文训读的译法，顶多也只是做出一点调整罢了。人们在阅读德语、法语翻译成日文的诗歌时，再读到同一本书内收录的《杜诗》《李太白诗》译文，总有一种不一样的感觉。日本读者在读中国小说的译文时也会吃惊地发现，日本译者在翻译小说部分时可以很流畅，可一到了诗歌部分就立刻回到了"吟诗"式的汉文训读上去了。不，应该说大部分人都不会感到吃惊吧，毕竟我们日本人对汉字的感觉已经有一半都麻木了。

在此，我们来思考一下中国诗歌的本质及其美感。经过汉、魏、六朝的古体诗时代之后，诗歌在唐朝发展成了近体诗也即律诗及绝句，并且达到了这种艺术形式的最高水准，之后的时代就再也没有可以企及的了。作为民国时期大力倡导写"白话诗"并发起了文学革命的胡适先生，时常也会写一些五言唐诗，也会在写口语体诗歌时考虑押韵，但我们也不能就此贬低其毫无意义。真正思考日本诗歌本质的人不会轻易地摒弃三十一字的格式，同理，胡适先生也一定是认真思考过中国古诗的结构才这样做的。只是胡适性格上喜欢说理，也就使得他苦心孤诣所写的白话诗变成了"论文式的小诗"。而比胡适先生更具诗人情怀的刘复（半农）先生在白话诗的创作中，巧妙地运用了古诗的节奏和韵律，成功写出了朗朗上口的十四行诗风格的新体诗。（例如下面这首诗在后来还被当时的国语学者赵元任先生谱了曲，并制成了录音带，现仍收录于中国的流行歌集中。）

> 天上飘着些微云，地上吹着些微风。
> 啊！微风吹动了我的头发，教我如何不想她？
> 月光恋爱着海洋，海洋恋爱着月光。
> 啊！这般蜜也似的银夜，教我如何不想她？
> 水面落花慢慢流，水底鱼儿慢慢游。
> 啊！燕子你说些什么话？教我如何不想她？

枯树在冷风里摇，野火在暮色中烧。

啊！西天还有些儿残霞，教我如何不想她？

空を流れるうすら雲、土をわたるはそよ風よ。ああ、そよとなびくよわが髪も、いかでかの人思わざる。

月もこがれるうなばらに、海もこがれる月あかり。ああ、あまくひとけ入る銀の夜、いかでかの人思わざる。

水にただよう花びらに、ひかれごころか魚の影。ああ、何を語るかつばくらめ、いかでかの人思わざる。

風におののく枯れ木かげ、野火は燃えつつたそがれる。ああ、西にほかのかな夕焼けに、いかでかの人思わざる。

　　胡适等人在倡导文学革命时认为口语体也即白话文可以从明清小说和元曲中找到源头，他们还认为在唐朝时就已经有了口语诗。的确，在唐诗中有许多如李白的《静夜思》一样用词平易、如同小学生诗歌一样的作品。但事实上这些诗只是用词上与白话相通，整体格调上仍然还是文言性质的。不，甚至都不能说是用词相通，因为这些词语出现在古诗中时其发音和语义都不一定和口语完全相同。唐诗中有许多描写农业以及养蚕之类的诗，还有那位一生辛劳的诗人杜甫，虽然他的诗中运用了许多口语的词汇，但他的诗仍旧必须用文言的标准来考量。谈到格调、格式，虽然会让人感觉有某种约束，但大抵一般的事物都有一定的规则在其中，毕竟就连供人娱乐的棒球和网球运动都有许多烦琐的规则。所以倡导文学革命的胡适及其他知识分子本意上并不是要让人们从脑海中完全摒弃传统的文学规则，而是想改编那些脑袋僵硬、只会因循守旧的人的观念而已。拥有固定格式，像是被桎梏住的中国古诗，其实也是汉民族的一个象征——在有限的人生范围内把个性发挥到极限。

汉民族文化中最大的一个特色就是讲究左右对称和偶数性。与其说这是他们的偏好倒不如说更接近一种本能。阅读他们的古诗你会发现大多都是四行或者八行的五言诗和七言诗，特别是八行诗中的三四句和五六句需要对仗。他们特别喜欢二的倍数或者四的倍数，喜欢"八八六十四"这种四四方方的感觉。这一点和日本诗歌的五句奇数句形成了鲜明对比。中国古诗的五言诗和七言诗就字数来说也是奇数，乍一看与日本诗歌相似。但是中国古诗特别注重韵脚，实际上每句的最后一个音节都相当于两个音节，也就是说那些五言诗、七言诗其实是六言和八言。日本的诗歌如果按照古典读法来吟诵，每个音节的平均长度是相同的，但是中国古诗却有所不同。但如果将来日本诗歌也开始注重韵脚的话，自然也会留意这一点。总而言之，中国古诗是以偶数音节为基本单位，即便是有奇数音节也只是所谓的"隐藏不足"，抑或是作为对手来凸显偶数音节而存在的。

在日本诗歌中有一种不常使用的技巧叫作"头韵法"。这种技巧在西方诗中很常见，在中国古诗中则被称作"双声"。在日语中这种手法其实比脚韵法更容易被人接受，根据使用方法不同或许还能起到一定的艺术效果。日本人的头脑中几乎没有脚韵法的概念——虽然日语中很早之前就有"短気は損気"（急性子吃大亏）、"多勢は無勢"（寡不敌众）、"来いと

ゆたとて、行かりよか佐渡へ、佐渡は四十九里波のうえ"〔1〕
这样押韵的例子，近来也有一部分诗人在一句诗的末尾两个音
节做押韵处理，比如"日はめぐる、夜は眠る"（白天活动，
夜晚睡觉），"ささやいた、花咲いた"（低声呢喃处，樱花
绽放时），"空の橋を、地のさちを"（越过天上彩虹，到达
地上幸福），"声のかた、赤い旗"（声音落处红旗展）等。
这种利用西方诗节奏的尝试虽然聪明，但还是会给人一种不自
然的感觉。若一味追求押韵而言不由心的话，就容易陷入只追
求形式美的桎梏中。如果押韵一旦变成"踏绘"〔2〕就更可怕了。
而且如果读者在阅读时不懂得双音节，那么再怎么努力也不会
有什么效果。在把中国古诗译为日语的时候很容易效仿原文在
最后一个音节处押韵，照这样努力的话，译者可以进一步尝试
双音节的节奏，但也没有必要为了押韵而要去忍受各种不便。
当然话虽如此，其实我在翻译《游仙窟》中的诗句时也使用了
许多头韵法。比如：

かなしや片わ鳥、むなしく馬は行く
（羞见孤鸾影，悲看一骑尘）
小かざし心ざし、冠にかざしませ
（莫言钗意小，可以挂渠冠）
うき世の浮き草は、波まを流れゆく

---

〔1〕 这是一首日本民谣，唱的是风里浪中的佐渡行船。

〔2〕 "踏绘"，指的是（江户时代）为证明不是天主教徒，让人用脚踏的刻有圣母玛
利亚、耶稣像的木板（铜板）。现在这个词语被引申，用来指检查思想（的手段）。

（莫作浮萍草，逐浪不知回）

知らばやとては痴れ者の、見ても見はてぬ夢ごころ

（夜耿耿而不寐，心荧荧而靡托）

片切れ形見布、よき日のはなむけに。八布裁ち夜具
にして、折り折り思いませ

今留片子信，可以赠佳期。

裁为八幅被，时复一相思。

这些诗句我似乎译得有点得意忘形了。

岛崎藤村也曾就文中某些诗句咏叹道："なぐさめもなく
なげきわび"（寂落无人慰，孤心惹叹息），"短き笛の節の
まま、長き思のなからずや"（竹笛清声短，相思苦诉长）。
上田敏、土井晚翠等也曾学着给里面的诗句加上调子，但也都
只是浅尝辄止。如："吐息ためいきとめあえず"（声声嗟叹，
何求以停），"春千山の花ふぶき、秋落葉の雨の音"（春花
散落山风扰，秋叶飘零冷雨催）。

诗句中词语的比重值得研究。汉语作为一种单音节语言，
每个音节都有具体含义，并通过汉字来表示，所以每一个汉字
都具有相当的分量。然而日语是一种多音节语言，同样的音节
数实在难以表达出汉语词汇的意思。因此就出现了各式各样的
翻译尝试，而我也已经陈述了建立翻译方法论体系建立的必要
性。一旦确立了一定的方法论，那汉语和日语的"战争"就要
开始了。要想认真地把汉语译成日语而不是随便倒换词语需要
下很大的苦功。词汇的数量并无困难，但要想再现汉字所象征

的美就必须要通过一定的方法。比如说如果原文全是"竖心旁"的字词，那么用日语的字形就很难表达出来这种效果（不只是日语，大概任何外语都不能）。因此就必须要用字形以外的方法来为本国读者传递出最接近原文的译文，所谓翻译也即是如此。甲国语言中的形容词在乙国语言中或许就是副词，因此不能机械地追求忠实。而是要把各国语言中——包含可能性——各类诗歌的体系与要素印在脑海中。

从这个意义上看，尝试把中国古诗翻译成日本短歌也算是一种新角度。只是两国语言以及诗歌的体系不同，这种翻译再生品也只是前面所说的"翻译式创作"的作品而已，是一种改编而不是翻译。因为翻译并不仅仅是表达出原文的意思与情感就可以了。即便日本古代和歌中有一些取材于《白氏文集》《世说新语》《游仙窟》甚至《论语》中的例子，也不能认为那是翻译。真正的翻译必须要包括一定量的语音学知识，就像是电视直播那样。更何况诗中所包含的内容有时并不是仅靠朗读就能表达出来的，有时还需要歌唱，也即要考虑诗与音乐的相关性，正因如此诗歌才这般复杂。

不论是诗还是歌，都是一种综合性艺术，与分析式的注释并不相同。对作品进行注释固然重要，但如果有能够综合传达出原文风貌的译文的话，或许能更直接地给从事其他语言的文学研究者以更多的启示。中国古诗也好，日本和歌也好，除了研究自身内部问题以外，更需要思考更高一次元、更深一层次的东西。

流行与不变

二战之后，数以万计的外国人踏上了日本的土地，其中有一些人在自己国家时就已经学习了日语，也因此关于日本文学的研究得以火热地开展起来。以前我们日本人经常去英国、法国学习他们的文学，而现在东京大学日本文学系则出现了许多西方学生的身影，向我们展现了日本的国际范儿。

这些西方学生当中有人研究井原西鹤，也有人翻译《蜻蛉日记》。但和歌和俳句却鲜有人将其当作研究课题，毕竟从文学特性上说这些内容也不好把握。不过虽说不及小说那么流行，但还是有不少人研究俳句、川柳[1]的。

特别是像美国人一样，在那些总想着把近代生活中的烦琐程序尽量简单化的人眼里，东方式的单纯，其性质与构成虽说与他们的目标相去甚远，但却总能引起他们的兴趣和好奇。此

---

〔1〕 川柳，是日本传统杂俳的一种，本源于江户元禄时期的"前句付"，因著名"点师"（评点师）柄井川柳之评点而得名。

外，对于拥有古老历史文化的欧洲人来说，他们自己的文化在经过近代合理化过程之后仍保留着中世纪的复杂性。所以，对于向他们展示了既保留着中世纪（或者说古代）特色又保持着单纯美好的日本，毫无疑问地吸引了他们的心。从最初接触阶段的富士山、艺妓、女孩、日式牛肉火锅，到进一步接触阶段的歌舞伎、浮世绘、茶道、插花，再到高级别的能、禅、俳句等，他们似乎倾注了很大的气力想要弄懂它们。

假设我是一个普通出身的西方人，只会一些日语口语，再假设在我没有任何知识储备的情况下，别人拿一些俳句让我看，那么我肯定不知道如何去处理，如何去理解它。

当我看到俳句这种日本特有的诗歌形式之后，首先我肯定会惊叹于它的篇幅如此短小精炼。一行十七个音节——五、七、五，仅有三句。虽说中国古代的诗如陶渊明的作品，以及较之更早的《诗经》里的诗有的一行四字，四行十六字便能概括所要表达之意。甚至禅宗的僧人写下表示顿悟的诗，一行三字，四行十二字，视觉效果上是最短的诗——

闪电光，击石火。眨得眼，已蹉过。——《无门关》

但如果考虑到文字含义的比重的话，你就会发现这首诗绝不比俳句短。现在让我们尝试直译这首诗。

いなずまや、石火ばな。まばたけば、はやかなた。

如此,我认为最低限度相当于日语的二十个音节。也就是说,汉字像具有魔法一样,一首诗只需要十二个汉字,而我尝试用假名则需要二十个才行。然而这种短诗在中国古诗中也是例外中的例外,甚至一行四字、四行十六字的诗在近代诗中都算是例外了。但是仅有十七个音节的俳句和川柳,作为一种日本大众文艺形式,在近代以及现代都能如此流行,在世界诗坛也可谓是一种奇迹了。

因此,如果我是一个只会一点日常日语口语的西方人,我肯定会对和歌和短歌中必不可少的那种不知所云的枕词[1]"ひさかたの","いそのかみ"等感到棘手,也会对一本正经地把"あちらこちら"说成"このもかのも",把"食う"说成"食うべ"等感到困惑,以及会对将"したいものだ"改成"なすべくありけり",将"らしい"改为"にしあるらし"等烦琐的说法感到无所适从。如果俳句要使用这些修辞手法的话,结果肯定是什么都没说就已经结句了。所幸,俳句中并没有这种棒棒糖似的修辞手法。从这一点上看俳句包含方便理解的近代精神,在语言运用上也比较经济合理。

俳句不仅没有那些难以理解的词汇,有时甚至会使用一些日常会话的"俗语"——

烏賊干した簀子や門の桃の花
竹帘墨鱼挂,门庭有桃花

---

〔1〕枕词,冠词。(日本)见于古时歌文中的修辞法之一,尤指和歌等中,冠于特定词语前而用于修饰或调整语句的词语。五音节的词最多,也有三音节、四音节或七音节的。

松杉はしづかな木なり秋の水

松杉若秋水，寂寥悄无声

真直な道さへ行けば恵方かな

若行笔直道，吉祥自来到

かたまって朝を受取る千鳥哉

千鸟聚集处，迎来朝阳时

真くらな里から揚る花火かな

夜半村落里，处处绽烟花

倒れんとしてどっこいっしょ案山子哉

竟是稻草人，摇摇欲坠爬

    这些俳句的作者堪称近代初期的大师，他们本身并没有要把俳句口语化的野心，然而这类俳句自然而然地就诞生了。此外还有许多俳句中出现的词汇，虽然从来源上看是属于文言文，但其使用频率和语感都给人一种与口语一样的亲近感。这样，俳句的创作就变得像我们日常生活中手手传递的十元钞票、百元钞票一样简单易得，而不是像那些高大上的支票或者票据般高不可攀。从这一点上看，俳句算是一种自身很少具有阶级争议的文艺形式。

    对于初步研究的人来说，这可以算得上是俳句的特性，除此之外俳句肯定还有许多其他方面的特质，在此我们要先说一说俳句的构造。就拿正冈子规的一百首俳句来分析吧——

    首先是俳句的上句。正冈子规的一百首俳句中有 24 句是"何何の"，20 句是"何何や"，10 句是"何何を"，还有 8

句是"何何に"，合计下来一百首中有 62 句也即约三分之二都是"名词＋の、や、を、に"的形式。此外去掉百分之十四的"动词＋て"，首句以动词、副词、形容词还有名词结句的只有百分之一到百分之六左右，可谓非常之少。也就是说，创作俳句只要开头句是以名词＋"の、や、を、に"中的任意一个即可。

中句由于多了两个音节所以结构更为复杂一些。虽说没有第一句那样四五种形式就占据了大半，但在一百首俳句中也有五首是"复合名词＋の"的形式，四首是"名词＋の＋名词"的形式，七首是"名词＋の＋名词＋の"的形式，三首是"名词＋の＋名词＋や"的形式，两首是"名词＋の＋名词＋を"的形式，一首是"名词＋の＋名词＋も"的形式，两首是"名词＋の＋动词"的形式，总计有百分之二十四是以"名词＋の"的形式开头的。此外还有两首是"名词＋に＋名词＋の"，一首是"名词＋に＋名词＋の＋（动词）る"，一首是"（动词）る＋名词＋の"，一首是"（动词）や＋名词＋の"，一首是"名词＋の＋（动词）し"，一首是"名词＋（动词）む＋名词＋の"，加上前面的，在第二句中有"名词＋の"形式的句子就占据了百分之三十一之多。

另外，"名词＋を＋（动词）る"五首，"名词＋は＋名词＋を"一首，"名词＋に＋名词＋を"一首，"（动词）て＋名词＋を"一首，"（副词）＋名词＋を"一首，再加上刚才的"名词＋の＋名词＋を"形式，第二句中有"名词＋を"的句子总计十一首。再有，"名词＋に＋名词＋の"三首，"名词＋に＋名词＋を"一首，"名词＋に＋名词＋も"一首，"名词＋に＋名词＋动词"一首，"名词＋に＋动词"的形式较多，共九首，以上总计含有"名词＋に"形式的句子达到了百分之十五。

上面所说的第一句中有很多"名词＋や"的形式，而在第二句中也有两首，此外还有"名词＋の＋名词＋や"三首，"（动词）む＋名词＋や"两首，"名词＋动词＋や"两首，"（动词）て＋动词＋や"两首，"副词＋动词＋や"一首，"名词＋も＋（形容词）しや"一首，"动词＋や＋名词＋の"一首，总计有十四首含有"や"形式的俳句，这说明"や"跟在动词之后也是中句的一大特色。

此外，在中句中出现较多的组合形式还有"名词＋（动词）る"六首，"名词＋も＋（动词）る"三首，"（动词）て＋（动词）る"三首，"名词＋副词＋に"三首，"名词＋（形容词）き"三首，"名词＋（形容词）し"两首，"（动词）て＋（形容词）し"一首，"动词＋に＋（形容词）し"一首……其他形式就不一一列举了，只是有一点需要注意的是由于中句是七音节，经常会出现音节不够的情况，所以俳句作者会使用"あり""なり""けり"等具有说明性的、感叹性的词语来填补，子规的百首俳句中就有五首采用了这种手法，分别为"复合名词＋あり""（形容词）き＋名词＋あり""名词＋が＋动词＋なり""名词＋も＋动词＋なり""名词＋动词＋けり"这五种形式。

下句的特点就比较鲜明了。尤其以"名词或者复合名词＋

かな"的形式居多，百首中占三十二首。其次就是仅以"名词或者复合名词"结句的形式——"汐曇り"（昏暝潮汐天）、"通り雨"（骤雨）之类——百首中有二十四首，以"名词＋の＋名词"结句的有十九首，将以上两种形式合计可发现，这一百首中竟有四十三首是以名词结句的。

除名词结句和以"かな"结句的句子以外，其他的结句形式在数量上就相差无几了。除了五首以"动词＋けり"，三首以"动词＋名词"，三首以"名词＋を＋动词"，两首以"名词＋动词"结句以外，其他的差不多就一首一种左右吧。

像上面这样用极其笨拙的计算方式进行统计或许是贻笑大方了，但是对于初次接触异国文化的西方人来说，以这种方式观察分析，其实很符合他们的思维方式。我也是恶作剧般的模仿了他们一下而已。可结果却证明这并不是浪费时间，反而是有些收获的。

俳句由于其本身长度的约束，纵然我们是以日常口语为创作基础，但也必须剪切词语后才能符合要求。而且再仔细分析俳句的表达方式，就会发现俳句的上中下三句每句的词语种类以及排列形式都各不相同。其中上句和下句虽然长度相同，但所表达的情感态度却完全不同，词语种类以及组合形式也都各有各的特色。

当然这只是初步的分析，可以说是一种常识。如果是以日语为母语的日本人，即使不用学习也自然就懂得其中的意思。就算是外国人，只要多加分析也能明白其中的道理。我有一位友人曾经学过一段时间的俳句，并写下了如下句子——

傘松に　神の涙や　冬の雨

　　寒松瑟瑟如伞状，苍天有泪情何堪，冬雨淅淅最断肠。

　　他是看到了这样的自然景象才写出这首俳句的吧。但是，肯定也会有人觉得这并非日本人所作的俳句。

　　还有一个喜欢嘲讽别人的西方人，在他略微懂得一点俳句的创作手法之后说了这么一句话："什么啊，这种东西有什么难的嘛，看我来作一首如何？"一看，竟是这样写的——

　　かなかなや、かなかなかなの、かなたかな

　　声声蝉鸣叫，处处是歌声

　　这真是语出惊人啊！他只是把俳句中常用的感叹词"かな"和"かなかなセミ"（吱吱叫的蝉）的发音连起来作出了这首诙谐句似的俳句，讽刺了日本俳句的千篇一律。但如果这首俳句是几经推敲之后作出来的，那么这个人肯定很快就能成为俳句大师。俳句不在于用词，而在于心境。

　　说到"心境"，这自然不是一个可以轻谈的问题。心境——或是意境——不仅限于俳句，在所有艺术形式中都是一个十分重要的因素。除艺术之外，比如在宗教中，心境也比语言更为重要。特别是在佛教的禅文化中，更讲究将"心心相印""不立文字"作为信仰主旨。使用语言文字不过是为了方便，用他们的术语来说，语言文字不过是"指月之指，扣门之瓦"。目

标是月——不，是所望之月；是门——不，是可开之门。若是
在信奉禅宗等宗门的僧人当中，只要思考过"无即是有"，就
可被认为已经有所顿悟。可即便如此，在很久以前，禅宗的僧
人们为了要更好地传达他们的"真理"，就已经在语言文字上
费尽了周折。不管是《无门关》还是《碧岩录》，每一部经书
都是僧人们为了最简单有效地传达真理而呕心沥血创造出来的
作品。这些经书或许并没有具备完整的理论学说，但是通过这
些经书，他们达到了传播禅宗真理的目的，同时还具有传达艺
术之美的效果。俳句难道不是也具备同样的效果吗？

就形式而言，俳句和短歌都是日本民族文化的表现形式之
一，其背后有日本民族几千年的生活经验为依托，而且一直延
续到现代且从未中断过。关于这个问题，我在前面《民族·语
言·诗》一节中已经叙述过，在此不再重复。但是俳句和短
歌是基于日本民族的语言生活背景而产生的表达方式这个问
题——虽然尚且无人整理出关于它的完整体系——我相信是可
以通过科学的语言研究证明出来的。这种民族性的表达方式既
不是突然冒出来的，也不是仅靠哪个人的个人力量创造出来的。
换句话说，这种表达方式也非某一个体或者某个集团所能轻而
易举破坏的。当然也没有要破坏这种表达方式的理由。

一个民族性的表达方式会随着时代的变迁而进化，或者说
是变化，所以我们会思考沿着历史前进的方向推动俳句继续向
前发展。但是，在个人意志想要大刀阔斧地推动之前，我们首
先要考虑的是在现有体系的基础上，俳句或短歌是否还有需要
超个人意志加以推动其进化的余地。比如说是否有必要把西方

诗或者邻国中国诗中很普通的写作方法拿到俳句里面使用。或者是否需要把其他文艺形式中所达到的境界、心境运用到俳句中去。

无须赘述，日语及日本文学中俳句的存在形式与日本俳句专家迄今的研究态度是两个完全不同的问题。后者虽说是现在很流行的研究课题，但在此我并不想涉及它。唯一一点，我希望这个"流行"不是一时的潮流，而是一种建立在以永恒、千古不变为中心的"流行"。也就是说现在的"流行"与真正意义上的流行完全是两码事。

现在的年轻人都不知道何谓"事大"。说到"事大主义"，他们想到的也不过是"小题大做主义"。事实上"事"这个字是"侍奉"的意思，是一个动词，现在的年轻人不知道也情有可原，在以前却完全不同。过去的人们从孩童教育时期就开始读《三字经》之类的书，从小就被灌输要"孝敬父母，侍奉双亲"的观念。

现在已不是封建社会，"侍奉君主"自不必说，就连对"孝敬父母"有些人居然也有无所谓的想法，真是不可理喻。那么实际情况到底如何呢？一个人自立以后是不是不依靠父母就能很好地生活下去呢？如果将孝顺父母作为人类的一种义务的话，那么从父母那里生抢硬夺是不是也可以看成是一种权力呢？再进一步说，在中学时代就像学习公式一样，我们就已经被教导过现在已经不是封建时代，而是科学的"近代"了，那么活在"近代"里的人们，他们的生活又有几分是近代的呢？

姑且先不谈社会上各种条条框框的约束，我们思考一下在这个约束框架之上能够成为墙壁、房顶，从而使我们可以向上攀爬的东西——其生命周期看似很长但却是异常短暂的东西。那就是所谓的"倾向""动向""时代精神""思潮"等，通俗一点讲就是"流行"。说到流行，若要冥思苦想究其真意，它应该是如诗句"天地有正气，杂然赋流形"[1]中所展示的那种普遍的，或者可以用科学来解释的"流行"。这种"流行"与所谓的"不变"，两者互为表里、相辅相成。

"杂然赋流形"中的"杂"绝不是杂乱无章的杂。它是指好的意义上的繁多，每一分子都能够各司其职的状态。因为他们总是围绕固定的轴旋转，从而生成了世间万象（变相、曼陀罗[2]），在其中每一个个体都有一条"个性"的线贯穿始终。如此，"流行"就从一个静态的存在上升到了动态的历史这样一个次元。这才是真正意义上的流行。

用这一尺度衡量我们生活的这个社会上的种种"流行"及其发展动态，是否都可以称得上真正的流行呢？事实上大部分的"流行"都是似是而非的、杂乱无章的变化——与其说是"变化"，倒不如说"变形"更为贴切。

现在让我们重新来理解一下"妖怪变化"这个词。毫无疑问这个词的重点在"怪"和"化"。只是"怪"前面有一个修饰语"妖"，"化"前面有一个形容词"变"。"あやしきもの"（奇怪之物）和"ばけもの"（妖魔鬼怪）虽都有各自独特的

---

〔1〕南宋文天祥创作的《正气歌》的开头两句。意思是说天地之间有一种正气，靠这种正气万物生生不息，生长流传。

〔2〕佛教用语，万象图，杂色图。

属性，表示的是"变相"，但是它的由来过于模糊，其变化没有连贯性，消失也过于突然。

其他事例无需再一一列举了。只要回想一下我们现代日本人自懂事起是如何看待事物的，就能理解真正的流行是多么稀有。第一次世界大战时科学技术达到了一个前所未有的高度，也即是从1910年前后到现在——日本历经了大正、昭和时代，世间百态又是如何呢？这前后四十年，可以说是相当于一个人大半生的时间，在这个时代到底造就了什么样的男子，培育了什么样的女子呢？

话虽如此，但是我可不是在问绘有家纹的和服外套与开襟衬衫的差距，也不是问蓝色长筒袜与尼龙长筒袜的区别。我想问的是人与人的区别，以及人们思考问题方式的不同。从爱因斯坦提出一般相对论到原子弹爆炸，世界进入核时代，这四十年过得并非不快。毕竟这都是早晚的事。关于服装以及物理能源方面的变化，显而易见其大概。但是人的变化、人们思维方式的变化如同走"之字形"路线，有时一进一退或者二进三退，也可能一退一进或者二退三进，而且方向也各不相同。

为什么会这样呢？为什么人及人的思想变化不能像物质和物理能源一样可以为人所看透呢？对此，首先我们应该思考一下支配人类和人类思想的原理是什么。物质和物理能源都处在自然法则的支配之下，自然法则独一无二不可改变，不以人的意志为转移。然而至少就现阶段来看，人类已经可以在很多方面逃离自然法则的支配了。有些思想幼稚的人甚至会认为这个世界会根据自己的意志迅速改变。就像是母亲背上的小孩认为可以抓到天上的月亮一样，人类总有一种全能的错觉。

这里举一个稍微消极的例子。日本国立大学中有些教授享受着与自己实力不相称的社会评价，按时领取工资并享有十七年不犯错就能领到养老金的待遇，但还总是摆出一副想要立马脱离日本的姿态。他们嘲笑日本与自己之前所学习的那些先进国家以及自己的理想国家相比是多么的低级，我们甚至可以联想到他们的咒骂。这些人中大多是父母或者祖父母是所谓的名流，自己承恩祖上从而得以坐上高级文化人的宝座的。于是便有人发问：自己都是在美国或者欧洲接受教育，怎么能代表与自己并没有什么情分的东方各国的平民大众呢？他们就是那种最有自信能逃脱自然法则的人。

一个人拥有这种自信的时候，支配他行动的原理又是什么呢？不管是有意识还是无意识，这种原理就是想要侍奉一种"伟大的存在，是一种包含所有有意识无意识的"事大主义"。这种"事大主义"笔者之前也曾讲过，既是一种没有内在实力的"自大主义"，也与巴结政治权力以及崇拜民众数量的"时代主义"本质相同。

无论是有意识还是无意识，大抵每一个"事大主义"的人会总想着能找到一个"伟大的事物"，然后加入其中，自己也仿佛变"大"。而且这个"伟大事物"越伟大越好。其原因是"事大"即是"自大"，所以他侍奉的对象越伟大那么他自身也会与其成正比例地变"大"。比如，某个大户人家的女儿发型即使再好看，其他人也懒得去模仿。但是如果一个外国女星弄了一个"马尾"或者"纺锤形面包头"，那么肯定会有人争相模仿。

与此道理如出一辙。

另外，事大主义者所侍奉的"大"，不一定是一个实际存在的权力机构或者数量。它可以是那个时代里如白云、如彩虹般耀眼的东西，也可以是像苍蝇、蚊子一样数量极多的东西。即便知道这只是他们自己头脑中刻画出来的虚幻事物也毫不介意。

现代的事大主义者就是这样出现的。他们在口若悬河地陈述自己所信仰的"伟大事物"时，大都抱有极大的自信以及很高的期待。在他们滔滔不绝地进行演讲时，从他们眼中足以看出除了这个"伟大事物"，社会上没有更好的秩序，人生没有更高的艺术。他们所描绘的理想社会不是从现在开始一步一步向前发展所到达的社会，而是在未来的某个时空直接诞生的东西。他们主张的艺术也不是从人类生活中产生的，而是从天上或是海中的某个地方直接飞出来的东西。那或许是人类大脑的产物，但应该不是日本人大脑的产物。

他们就这样遵循着那个不知从哪里产生的，像花粉一样传播的"伟大事物"的宗旨，提出各种各样的主张，开始为其工作。你们日本国民现在并没有什么像样的艺术，所以现在必须要重新打造"国民艺术"——还如此这般地宣告自己是领导者。但是他们的核心人物所撰写的"文章"全是一些国民看不懂的外来语和横向文字，以及他们之间专用的新式混合汉语，故而所谓的国民艺术也就迟迟难以创立了。

话说回来，或许日本国民确实不具备事大主义者所说的那种"国民艺术"，但是无论你是否意识到，日本民众本身就是"艺术国民"，所以他们一直在发展来自于人们生活、也即是扎根于人生的艺术。这种艺术以各种形态向不同方向延伸发展，它们拥有不同的色彩与氛围，并能引起外国人的共鸣。在本国"伟大"的老师们眼里日本尽是低级无比、根本算不上艺术的东西。但是这些在外国就连普通人都能引起共鸣，实在令人不可思议。

在日本的国民艺术中有许多作品的作家都是默默地生活，淡淡地观察自然的人。即便有些作家的生活中也充满了浓烈、华贵的色彩，但归根结底都是日本人，其作品中更多的是日本人特有的静谧。无论是爱与恨、喜与怒、乐与悲，恐怕其表现的强烈程度都远远无法让那些"第二西方人"老师感到满意。

而且这些艺术作品中的三分之一甚至二分之一在西方人眼中都是静态的、面无表情的东西。但在这份静止的、面无表情的背后，隐藏着那些与这个世界上至高无上的"大"相视而坐之人的强烈痛楚，而这对于那些因时得势的"文化人"来说是很难理解的。原本"至高无上的大"或者"伟大的事物"等观念都是那些事大主义者们最不关心的东西，直白来说是他们最讨厌的东西。因为一旦承认对方是"至高无上的大"，是一个"伟大的存在"，那么他们自己就会变得极其渺小，就会被时代远远地抛在身后。就这方面来说"事大主义"就是"自大主义"或者"时代主义"就都不能成立了。

事大主义者们追求的是一种"眼前的大"，因为他们想要守住的是"暂时的大"，所以一旦情况有变，他们就会去寻找别的"大"并且追随。这才是当今社会的流行。

对偶和押韵

　　当一段连续的话语中有两种以上的形态单位，或者意义单位存在的时候，如果有能力的话，从人类的情感角度出发人们会尽可能地选用更加优美、有力的表达方式。经过语言社会中全员的共同努力，语言特有的术语用法也就应运而生了。比如说汉民族在语言运用方面有喜欢使用偶数的特点。他们早在历史始源时期也即商周时期，就发明了把"万"与"代"连在一起成为"万代"，"子"与"孙"并在一起成为"子孙"的连语用法了。不仅是名词与名词连用，他们还发明了名词与动词连用，比如"宝用"（爱惜地使用）这样的词语。

　　把同一个音节进行重复也是一种修辞手法。这种"重复的词"在汉语中也叫作重音。这种修辞手法也常见于日语的拟声、拟态词中。原本拟声、拟态词这种语言符号跟它所"表记的事物"之间是一种"音韵象征"的关系，并且在一定程度上形成了体系。因此，与欧美语言有所不同的是，日语和汉语中有大量的这种词汇，并且经常用于诗歌与谈话中，甚至也常自由地出现在生硬的评论性文章中，以达到提高文章表现效果的作用。一般的术语与它所表记的事物之间只是一种没有直接关系的语言符号，但拟声、拟态词却多少能直接表现出它所表记的事物，并给予听话人或者读者最直观的感受。关于这一点，除了理解它具有象征性以外，还需要重视它具有的偶数意义。

偶数性不仅存在于字与字之间，也经常出现在文章与文章的对比之中。词语中有"山、川""草、木"等对词，文章中也有所谓的对句，但是文章中的"重文"是特例。西方文学中使用丰富的对句法（Parallelism）并获得很大成功的要属希伯来（Hebraer）诗。希伯来诗不需要固定的风格与脚韵，仅仅是通过把思考的内容进行反复、对比、综合，以求给人深刻印象。这种创作技巧也经常出现在英国民谣中，它不仅使其具有通俗性，也为费尽苦心想要修正原著文本的后世学者们提供了重要线索。

かしこい子は父親のよろこびとなるが、馬鹿な息子は母親の思荷となる。

聪明的孩子是父亲的荣耀，愚钝的孩子是母亲的重负。

知恵もつもれば苦労となり、学問するほどさびしくなる。

越有智慧的人越操劳，越有学问的人越寂寞。

（鱼返译《所罗门》，1947年）

与希伯来诗对句的出现相距不远的时代，中国汉民族的祖先也曾在他们的民谣中写过类似的句子。

　　南のしだれ木、かずらがまとう。やさしお方に福禄
まとう

　　南有樛木，葛藟累之。乐只君子，福履绥之。

　　たきぎ取れなきゃ、いばらを刈ろか。あの娘嫁入り
や、馬方しようか。

　　翘翘错薪，言刈其楚。之子于归，言秣其马。

（鱼返译《诗经国风》，1960）

　　对词用法中除了"重言"之外，还有部分重复的"双声"与"叠韵"。像"仿佛""乒乓"这样在一个双音节词汇中使用同一个声母的叫作"双声"。这与盎格鲁撒克逊（Anglo—Saxon）诗歌以及中世纪英国诗歌中独特的"头声法"（alliteration）相似。头声法又被称作"头韵法"，说明它已经完全具备押韵的资格。但是，押韵的主流还是在于"脚韵"。因为一行诗句中最重要的是传情达意，在没能完成这个任务之前，是没工夫去考虑大肆修饰的。因此，头韵法可以说是时代偶然的产物。押韵不一定出现在词头，也可以在词中或者词尾押韵，也即"子韵"。正因为有时一到句末就会使用脚韵，所以可以认为有意识地运用押韵技巧还是集中在脚韵的使用上。在"诺曼征服"[1]

---

　　[1] 以诺曼底公爵威廉（约1028—1087）为首的法国封建主对英国的征服。1066年初，英王忏悔者爱德华（1042—1066在位）死后无嗣，威塞克斯伯爵哈罗德二世被推选为国王。威廉以爱德华曾面许继位为理由，要求获得王位。

以后，英国诗歌受到"骑士抒情诗"语言的影响开始广泛地使用脚韵法，头韵也从诗歌的必要条件退居二线，成为一种起修饰作用的手法。

由于日语没有太多的声母意识，而且主要是音节文字为主，故而很少有头韵或者双声的用法。但是，如：

さねさし、相模の小野に、もゆる火の、火なかに立ちて、訪ひし君はも

相模小野上　强盗火攻时　相公火中立　急问妾安否

这样的经典诗句在古代已经存在。笔者在将唐代小说《游仙窟》译成日语的时候也使用过一些重言、头韵、双关的手法，具体如下：

ほのかに笑みかくし、はにかみほころばし

敛笑偷残靥，含羞露半唇

なにゆえなぞかけて、かくまでかかりあい

何须漫相弄，几许费精神。

眉にま冬のやなぎ髪、頬の岡には蓮の花

眉上冬天出柳，颊中早地生莲。

かなしや片輪鳥、むなしく馬のあと

羞见孤鸾影，悲看一骑尘

別れのいと（緒）しかも（梟）、離れをいたみつる（鶴弦）

双凫伤别绪，独鹤惨离弦

つれ（伴）なき浮き寝かも（鳧）、燕の庭（二羽）

草履

双凫乍失伴，两燕还相属

小かざし心ざし、冠にかざしませ

莫言钗意小，可以挂渠冠

知らばやとては痴れ者の、見ても見はてぬ夢ごころ

夜耿耿而不寐，心荧荧而靡托

　　所谓双关语就是需要考虑双重词义，从这一点来看，也可以视其为重言或者头韵的一种。只是押韵的主流如前文所述还是在于脚韵。在东方古汉语中，与双声相对的"叠韵"的发展可以说是脚韵的基础。

　　古希腊罗马的古典诗歌皆不用脚韵，其他各个古老民族丰碑式的诗歌中也大多不使用脚韵，包括近代英语诗歌中也是无韵诗歌更为流行，因此可以说西方文学界并不把脚韵作为诗歌的必要条件。只是在抒情式歌谣中多少会用到一点脚韵的技巧，就算不用脚韵也会采用母韵（assonance，也即字与字的韵母前后呼应的手法），或者其他调和节奏的方法。

　　汉诗的脚韵法在西方诗歌中属于"单音节押韵"，形成了一种完整的"尾韵"。在法语系用词中又叫作"男性韵"，给人一种力量感。但有一点需要注意的是，与西方语言的拼写和发音之间的关系相似，汉字与其发音随着时代的变迁也发生了很大的改变，甚至还有一些词尾韵母丢失的现象。因此存在许多现代不押韵的句子在古代属于完全押韵的例子，所以在翻译

时如果想再现它的韵脚就必须要考虑这一点。

其实不仅是汉诗，关于如何用日语再现其他外语的押韵问题，笔者也曾是煞费苦心。据我这十年的翻译经验来看，这也并非完全不可能。就我以往的译法来说，翻译西方诗歌时一般只需要简单地把原文译成几部分诗歌式的散文即可。而翻译中国古诗的时候则可以直接采用汉文训读法，也即使用"べからず""べけんや"调进行翻译，在押韵方面经常忽略它原来作为韵文的格调。我认为现在应该重新回到明治时期那些从事翻译的先辈们的出发点上，认真思考一下这个问题。举例一则。(白乐天的《琵琶行》)

浮阳江头夜送客，枫叶荻花秋瑟瑟。
大川の夜を人は去り、もみじに荻に秋もさび
主人下马客在船，举酒欲饮无管弦。
馬乗り捨てて船により、別れの酒に曲もほし
醉不成欢惨将别，别时茫茫江浸月。
醉えども悲し別れぎわ、月ははてなく水の下
忽闻水上琵琶声，主人忘归客不发。
ふと川わたる琵琶の音、去るも帰るも待つみぎわ。

(后略)

汉诗原文中"客、瑟"，"船、舷"，"别、月、发"等都是单音节词，但日语中若不是两个音节押韵就几乎没什么效果。这一点从汉字字音的日本化进程，以及日语词汇的统计中

可以看得出来。我们再来举一例。（《诗经》里的《关雎》）

关关雎鸠，在河之洲。

クックっと洲鳥、中洲の砂に

窈窕淑女，君子好逑。

おっとりおぼこ、殿御の妻に

参差荇菜，左右流之。

とりどり川菜、選りどり手どり

窈窕淑女，寤寐求之。

おっとりおぼこ、夢にも思い

求之不得，寤寐思服。

思いもむなし、さめて悩み

悠哉悠哉，辗转反侧。

ながながし夜を、寝がえりばかり

参差荇菜，左右采之。

とりどり川菜、選りどり見どり

窈窕淑女，琴瑟友之。

おっとりおぼこ、お琴もそろい

参差荇菜，左右芼之。

とりどり川菜、選りどりすぐり

窈窕淑女，钟鼓乐之。

おっとりおぼこ、それ鐘つづみ

（以上两篇译文 1960 年收录于《世界名诗集大成・东洋

篇》，鱼返译）

由于日语和汉语分属完全不同的语言系统，所以很难像欧洲各国那样可以直接互相鉴赏对方的原著。如果只是简单的汉文训读化，那么原文的整体韵律和押韵就会消失殆尽。不仅如此，如果再把那些本来就难懂的汉字直接简单地进行挪用，那么不仅一般人难以理解，甚至可能会造成很大的误解（如"城春草木深"的"城"就和日语中的"城楼"不同，是指城墙里面的城市）。如若这样，不仅会歪曲原文作者的意图，而且从日语国语文字的立场来看也是非常不合适的。

在此之前已有会津八一、佐藤春夫、冈田正三等少数前辈尝试使用和歌调，或七五·五七调，或用民谣式调子来翻译汉诗，但是依然难以和原文保持相同文字和长度比重。五七和七五会依据每一首诗的意境不同而灵活地变换使用，几乎完全忽略了押韵。既是苏联外交官也是汉学家的费德林在与吉川幸次郎的一次谈话中指出，日本人的汉诗翻译没有固定体系，这一点对我们很有启发意义。

西方人中也有初期新教传教士詹姆斯·莱格（James Legge）与威廉·詹宁斯（William Jennings）尝试过翻译韵文，尤其是詹宁斯的翻译特别出色。另一位有名的外交官也是汉学学者的翟理思（Herbert Allen Giles）虽然也尝试过翻译韵文，但最终也没有整理出一套可以与原文同比例翻译的完整理论。作为《源氏物语》的译者而出名的阿瑟·戴维·韦利（Arthur David Waley）也翻译过很多汉诗，但最终放弃了韵文的翻译而转投散文。即使是翻译散文也需要译者有一颗"诗心"，如果只是做了像注释家般"散文式的"译作那无疑会令读者感到索然无味。

野史小说和明治小说

　　所谓稗史，是指不同于正史，属于野史一类的史学概念，其内容多为民间所流传的闾巷旧闻、轶闻琐事。但是，想要在这个"轶闻琐事"上成为集大成者那也是相当不易的，所以，即便是专门从事中国文学研究的学者也没有那么多的时间去仔细研读这类文献资料。即便只是查阅文献目录，也别指望能涉及全部。正因如此，要想认真仔细研读其内容，就必须要有舍弃毕生雄心的心理准备。但是作为一个中国文学研究者，至少要读一些有代表性的作品，同时也希望日本文学的研究者读一些与日本有深厚渊源的作品来增长见识。

　　这类小说发行且开始流行是在日本的元禄（1688—1703）年间。在中国完全成型也不过是明朝至清朝初期，它们和中国之前的小说在文体上有所不同，多少都混有一些"白话"也即口语体在其中。因此，当时日本的汉学者们反而对这种文本束手无策，人们只得向长崎唐人屋敷的通事，或者从中国大陆归化而来的和尚请教其中的内容。关于文中的俗语，荻生徂徕在当时也只能去请教长崎的通事冈岛冠山。荻生徂徕是一个颇具政治才能的人，手底下有众多文人学者，所以他把这些学者的研究成果冠上自己的名号，还会发表一些骄狂的言论（见《六谕衍义》序），但实际上他在语言学方面并无太大建树。他在和禅僧悦峰道章会面时也曾有过用白话文笔谈的经历——"虽然我这些年来在学习唐话（即汉语），但是仍然乱七八糟，写也是能写一点儿，但说就不怎么会说了。"大概是这么个故事始末。

最早被引进日本的稗史小说是元禄二年至元禄五年之间出版发行的《通俗三国志》。这本军事题材的小说其原版为明朝时期的《三国演义》，日文版译者据说是京都天龙寺僧人义辙和他的弟弟月堂。《通俗三国志》在明治时期被收录于《帝国文库》《通俗二十一史》《有朋堂文库》等系列书籍当中，其流行程度可见一斑，而且对日本读书界也产生了深远的影响。享保四年（1719）问世的冈岛冠山著作《太平记演义》据说就是直接以《通俗三国志》为蓝本创作出来的。在那个时代要把日本文学作品翻译成外国文字着实是了不起的想法，它需要译者的气魄自不用说，译者的文学功底也非常重要。从《通俗三国志》开始，各种各样的军事题材小说如《通俗楚汉军谈》等陆续问世。这些作品不仅是作为外国文学的译本而存在，同时作为日本文学的资料也都有其存在的价值。多达五十卷的《通俗三国志》的出版，在当时算是一个很大的工程了。

冈岛冠山标注训读后的翻印版《水浒传》，于享保十三年和宝历九年（1759）只是出版了一部分，冈岛冠山翻译的《通俗忠义水浒传》也是在他死后的宝历年间才得以出版发行。三大名著中仅剩的《西游记》译本《通俗西游记》则是在宝历八年之后出版发行的。这些作品在当时严禁外国文学进入日本的闭关锁国时代，带来了压倒性的影响。直到日本开国以后，汉学热潮仍继续维持了数十年，后来还经常有人尝试改编这些作品或者创作它们的续本。

近代日本并没有经历过真正意义上的文学革命，文艺复兴也未曾出现，因此江户时代的文学观念大部分都原封不动地延续到了现代，国民也在无意识中对中国作品依然保持着先入为主的旧时代观念以及评价。例如日本国民一听到《三国志》《水浒传》《西游记》的书名时，即使没有读过也知道这些都是重要的作品，或者认为以后一定要阅读。然而实际问题是，对日本人来说这几部小说不论哪一部，想要读完都是不太可能的。因此，以前先入为主的观念也就得不到改善从而遗留至今。关于这些小说，一些大众作家也曾创作出几种类型的翻译式作品，近来还有人尝试了一些图方便的注释新解。然而这些人大部分因囿于日本人的传统观念，很难对原文内容以及文体特色进行正确的解释，就更不用说对原文的精神内涵进行诠释了，这种情况一直持续到现在。

对于这些长篇稗史小说，需要注意的是一些历史、地理方面的称谓以及事件的介绍。除此之外小说中还带有大量的俗语，而这在原来的汉文中并不存在，因此还要考虑到它们给日语的书面语所带来的巨大变化。另外，这些小说的结构形式原封不动地一直延续到了明治时期，东海散士[1]的《佳人奇遇记》自不必说，甚至二叶亭四迷的《浮云》都给人一种中国"章回体小说"的感觉。

当时日本只留下长崎这一个对外交流的窗口，对于与世隔绝的日本人而言，这类小说确实让人耳目一新。小说宏大的构造、奇诡的想象力以及对恶行可怕的描述都深深震撼了日本人的心神，用当时的流行语来说这些无疑都是"惊险小说"。也正因为如此，无论是当时的平民也好，知识分子也罢，在达到娱乐目的之余，也会为了提高自己的封建道德"修养"而去阅读这些书。而在中国，除了一些正统的历史文献书籍，《三国演义》也成了人们获取历史知识的一个来源。因此对于被大海隔绝、来往不便的日本人来说，选择通过这种不费力气的材料去了解那个幅员辽阔、古老富庶的国家的历史也就不足为奇了。

然而，若说这些稗史小说写的全是一些杂乱的史实、无稽的空想以及顽固的封建道德，那肯定是不准确的。《水浒传》自不必说，《西游记》和《三国演义》中也有几经时代变迁仍不过时的人文主义精神和幽默感。只是由于小说自身容量太大，加上中国文人特有的不拘小节的性格，以及在文体方面的墨守成规等原因，使得这些重要的涵义如同中药里的贵重成分一样尽被稀释。所以说，如果不仔细阅读、归纳的话，只靠直观感

---

〔1〕 东海散士（1853—1922），日本明治年间著名的政治活动家和政治小说作家。

受的人是难以发现其中内涵的。例如《三国演义》是怎样一种情况呢？在第一章中作者描写了一系列的天地异变，然后借一名重臣之口说出："这是由于后宫嫔妃以及宦官干政所致。"这种把天地异变归咎于后宫人事的作法当然是未开化时代的非科学性解释。但是女性或者宦官无视人民意志，参政乱政的行为从现代的认知角度来看也的确不好，单从这一点看这本小说所富有的生命力就可见一斑了，然而这句话从整本书来说只不过是其百分之一罢了。《水浒传》中也有描写花和尚鲁智深离经叛道的行为，只因他的一时气愤就杀害了身边无辜的平民百姓等非人道行为。另外，还有人们遇事便求神拜佛，以及想要得到某种仙方秘术等想法也是非科学的。还有所谓淡泊名利的人在故事中被权力和富贵所诱惑的描写也都是不合理的。尽管如此，如果通读《水浒传》并冷静思考的话就会发现，这本书里有一种不灭不减的人道主义精神在其中。人性的弱点、社会的通病，虽然要承受这些社会现实，但是他们没有迷失自己远大的目标并脚踏实地前行，这种现实主义精神值得大书特写。可以说这正是《水浒传》的可取之处。至于《西游记》，由于读者特别感兴趣的是其漫画特征，所以除一些特别热心的文艺批评家以外，对于一般人而言这是一部没有特别内涵的冒险类作品。然而事实上如果一行一行仔细品读的话就会发现，这是一部跟《水浒传》互为表里、内容深刻的作品。《水浒传》着重描写人类的外在行为，而《西游记》则着重刻画人类的内在精神。当然，这并非是作者精心的设计，或许作者只是想写一部给"大人"看的童话而已。但是，有时又会突然发现书中有着斯威夫特[1]式的敏锐在其中。江户时代粗枝大叶的译本完全没有表现出原文内涵，因此不能以此为蓝本来接受现代的文艺批评。从这个意义上说，必须要重新翻译《西游记》。但是，如果只是把全文从头到尾再翻译一遍的话，又会稀释掉小说中的重要内涵，只会使之变成一部无益也无害的、没有插图的漫画作品而已。

　　话又说回来，在对待引进新中国小说这一问题上，现代日本人首先必须要回顾过往。《通俗三国志》等小说早在元禄初年就已进入日本并得到广泛传播，所以它们不仅在内容上，在形式上也对后来的日本文学创作产生了深远的影响。比如说，在《通俗三国志》的译本中有"兢々業々トシテ須臾モ敢テ不忘焉"这样的译文，与其说这是直译体，倒不如说是将汉文原原本本照搬式的翻译。同时也有"女房ヲ奪ハレタル人ヨト呼レ玉ハンコトコソロ惜ケレ"直接把汉字日本化的翻译。这些译法在冈岛冠山的《太平记演义》中也随处可见，如"帝若又高時二輪玉ハハ"，"内へ爬入り、已二挣扎トセンシカトモ"等用词方法。这在当时可以算作是外来语混用、令人眼前一新的译法，但随着时代的推移，这种新鲜感已经逐渐消失，慢慢变成了一种类似不良嗜好的东西。明治以来，在国语国字以及印刷方面，出现了随意使用难以理解的汉字的问题，可以说那些稗史小说的译者也负有很大责任。就拿《忠义水浒传》的译者冈岛冠山来说，他因精通汉语而被人称为"日本华客"，但

---

〔1〕乔纳森·斯威夫特（Jonathan Swift，1667—1745），英国作家，政论家，讽刺文学大师，以著名的《格列佛游记》和《一只桶的故事》等作品闻名于世。

188

也因此他的译文有着过重的中国味道。例如有"貴客ハ打火ヲ求メ玉フヤ"，"一人ノ後生出来リ"，"相続テ跑出シ"等语气的译文。另外，在文化年间出版的《绘本西游记》中也能看到类似的翻译笔法，如"陽間二還リテ後瓜菓ヲ送リ"，"八戒ト号ヶ給フ"等形式的句子。由此可以看出当时没有形成规范用字的观念。

把这种"中国趣味"发挥到极致的要属大众作家的鼻祖曲亭马琴[1]先生。他和现代的大众作家一样喜欢用一些自创的奇特汉语来表达自己的思想，还经常胡乱引用当时一些汉学家的观点来装样子。他很喜欢舞文弄墨，如"世は戦国となりし比、難を東海の浜に避て"（当今之世，堪比战国之时，是以避难于东海之滨），"大軍をも屑とせず里見季基を首として"（大军又何足道哉唯以里见季马首是瞻），等卖弄自己的汉文知识。另外也经常使用一些中日混杂的词语如"矢継早の手焗煉なり"（练连珠箭法以免手生），"久後いかなる事をかなさん"（日久之后遂一事无成）等。每个章节的题目也是如中国章回体小说般原封不动地翻译成两句，如"勇婦刀を振て山猫忽死ず、猛将計を定て夫婦全聚る"（悍妇挥刀，野猫犹未即死，猛将献策，夫妇得以相聚）。

这种形式的中国小说的译文如果能和德川幕府一起消亡的话，应该是对日本文学有益的吧，可惜的是它一直延续到了明治时代。明治十九年，河田泷次郎发表的《鸳鸯春秋》就是其

---

〔1〕 曲亭马琴（1767—1848），日本江户时代最出名的畅销小说家。据称是日本历史上第一个靠稿费生活的职业作家。

代表之一，其中运用了"EN—OU SHUNJU By T.WADA 1886"式样的横字标题法。文中各章的标题如"少年说情話一座笑自惚、義漢登青楼粉頭感忠節"等完全是汉文写法。大概同一时期的东海散士在小说《佳人之奇遇》的自序中虽然大力倡导要打破稗史小说的传统译法，但自己却严格地使用了文言文体的汉语，一看就给人一种中国小说直译本的感觉。

二叶亭四迷不愧是口语文学的先驱者，其本土小说也实现了口语化，然而这只不过是一个过渡阶段，总体上他也没能摆脱传统的桎梏。也就是说，在他的文章里通篇到处都有如戏曲作家般的韵文调，以及如稗史小说译者们共通的俗语偏好。我们来看一下二叶亭四迷《浮云》的序言。"独り文章而已は陳奮翰の四角張りアラ無情"（唯有文言文稀里糊涂，一本正经实在无情）等表达方式，不仅出现在序文里，在正文中更是有过之而无不及。如果没有假名注音的话，现代读者根本无法读懂。有自信的读者可以把《浮云》第一篇第一章的以下几个字找出来读一下，来测一测自己的国语水平："余波""塗渡る""頤""暴に""興起す""矮鶏""服飾""配偶""青年""厳然とした"。正确读法是"とおり""とわたる""おとがい""やけに""おやす""ちゃぼ""みなり""めをと""わかもの""きっとした"。

二叶亭四迷开始创作口语文学的时期，大约是在明治二十年，那时日本出版了一本名叫《滑稽独演说》的毫无价值的书。内容形式如下——

諸君よ諸君も豫て御承知で御座いませう彼の大道の片隅

また八四辻の角に於て取捨進退の自由なる家台店と名づくる小さき店をひらき油紙の障子にてんぷらの四字を顕ハしジビの声ハ耳を貫きプンの香ハ鼻を穿ものハ云ハずと知れた天麩羅店で御座います。

（各位客官，请各位客官多多担待。在大路边上、十字路口的拐角、于四通八达之处新开了一家叫作"家台店"的小店，油纸拉门上的"てんぷら"四个字特别显眼。听到"滋滋"的油炸声，闻到扑鼻而来的香气，即便不说您也知道那是一家天妇罗店。）

——这在当时的知识分子阶层中算是稍作变化的写作方式。若是这样的话，口语小说文体的实现也已经不是遥不可及了。在文字的使用方面，二叶亭四迷几经推敲的原因何在呢。如果他真的想要写一本大众都能看懂的书，应该很快就能实现，也不会在二十年之后才创作出《平凡》中的文体。而且，即便到了小说《平凡》的时期，他也仍旧保留着使用注音假名的偏好。既然连二叶亭四迷都这样，那么其他的作家也就更不用说了。就这样，日本人对语言的感觉被偷换成对文字的感觉，并一直持续到现在。就算在国语普及的年代，仍有一部分偏好"中国趣味"的人以及专门研究中国文学的文人，躲在一处小角落里继续创造着新的注音假名词语。而且这种兴趣仍有一部分一直残存至今。

上面我们谈到了中国的长篇小说，其中有一些是与历史相关，以及这些小说对日本的影响。除此之外，日本还引进了其他各种各样的小说。比如早在奈良时期就传入都城的《游仙窟》，它巧妙地使用对偶句，中间还穿插着八十多首古诗。这部奇特的小说甚至对东海散士的文章都产生了很大的影响，其超越历史的影响力值得夸耀。《游仙窟》是一部古代鲜有的既有长度、内容又完整的小说。与其相比，同时期传入日本的《世说新语》虽说也有小说式的材料，但是仍没有超出素材的程度。至于唐代的小说，从近代小说创作技巧的角度来看，也只能算作是一些小故事。明朝时期的《剪灯新话》虽然仍是使用艰涩的文言语体写成的短篇故事，但其奇特的内容概要和异国风情，给生活平静的日本岛国民众带来了紧张刺激感，因此出现了许多改编的版本。与此同时，引人注目的还有明末时期出现的《三言》《二拍》，以及后来的一流作品《古今奇观》，都是用口语体生动地描写了平民生活的小说。或许是因为这种创作手法与江户文化有某些相似的特性，所以日本出现了以《卖油郎》为代表的许多中篇小说译本以及各种改编版本。这类口语小说与《剪灯新话》以及后来出现的《聊斋志异》在文体与创作方向上有所不同，而且从中国文学的立场来看也是被区别对待的。但日本人却不注重文体的区分，中国的许多作品被那些译者或者说改编作家根据个人喜好引入日本，给后来的考证工作者带来了许多的麻烦。比起翻译，日本人更擅长改编，有时还会用一种更甚于中国人的道学偏好去改变原文的样子，最后也就导致了上至小说下到小故事全都被改编的面目全非的结果。

到了明治开国以后，日本开始逐年引进更多的西方文学作品，中国小说也就几乎失去了其发挥新作用的余地。虽然明治初期仍有一部分文人热衷于阅读《红楼梦》，也有像长崎通事等语言学教师把《古今奇观》和《儿女英雄传》等带去东京中心开讲，但这些书籍并不能真正进入日本的读书界。另外，森槐南[1]翻译《水浒后传》，森鸥外爱读俗语小说，幸田露伴（与平冈龙城一起）翻译了《水浒传》和《红楼梦》等。即便如此，在英、德、法文学的潮流面前那也只不过属于个人兴趣而已。不知不觉间，日本军国主义的抬头甚至让人们将江户时期以来的汉学特性倒行逆施至德川幕府最初所制定的闭关锁国计划时期，而纯文学也渐渐脱离了学院风。对于中国小说和戏曲的研究，主要集中于民间中国文学爱好者。之后文教府指定的中国文献也只有四书五经以及它们的注释和解说，另外还有哲学、史学一类的书籍，最多也不过是汉文唐诗等随处可见的文学形式。这虽然已是过去的历史了，但可以说今后中国文学的研究之路，已经在这段历史中显露端倪。

---

〔1〕 森槐南（1862—1911），日本明治时期著名汉学家及汉诗词作家。其唐诗及中国古典诗格律研究，日本学界至今奉为圭臬；于中国戏曲、小说研究，亦称大家；所作汉诗词苍凉开阔，韵致悠长，颇具欣赏价值。

日本文学对中国的影响

　　中日两国一衣带水，中国文学对日本文学的影响一直持续到近代。最初大陆文明中存在"中国文物制度"，认为东西南北都是未开化国家，加上中国人文关系早在古代就已完成，所以很难接受外来因素。

　　从记录中国正史的《后汉书·东夷传》到《明史·外国传》，都仅仅从地理、风俗等角度观察记录邻国，内容十分贫乏。明代为防倭寇而著作的《全浙兵制考》中，附录部分《日本风土记》记录了"伊吕波四十八字"以及日语的常用词汇等，同时也将和歌俗曲以诗歌的形式翻译了出来。无意中介绍了日本文学，但是并非是一般意义上的文学影响。

　　清朝时期长崎通事出身的冈岛冠山精心著作了和汉对照作品《太平记演义》，另外清朝的鸿濛陈人转译了《海外奇谈》又名《日本忠臣库》（假名范本忠臣藏的中国小说），可就连这些也没有引起中国人的重视。而且在江户·京坂文人中间经常传阅的传说、谣曲、净琉璃、人物传记等古汉语译本在大国文人的眼中只不过是一些小册子而已。康熙初年有记载称，关于日式汉文版《吾妻镜》（东鉴），中国相关学者批评其为"难读"。

明治初年，驻日公使的随从官员兼诗人黄遵宪在《日本杂事诗》中大胆地研究了日本风物，在广东、上海等地翻刻了《日本外史》，另外岸田吟香拜托学者俞曲园选编并出版了近世日本的汉诗集《东瀛诗选》等，这些也只能算是旅行者的游记作品以及怀古情怀等。在甲午中日战争之前，直接接触日语的中国人只有极少数而已，而且留日学生也主要以研究政治、经济、军事、医学为主，几乎无人专门对日本文学进行研究。

明治中期日本口语文学得以确立，从那时起由部分中国留学生及流亡日本的华人将新词新文体逆输入到中国，其中代表人物梁启超曾在横滨出版发行杂志，并连载《佳人之奇遇》《经国美谈》等文章。就连日本德富芦花的作品《不如归》也是在明治四十三年（1910）才由英语翻译成汉语，大正初年押川春浪的作品也仅仅翻译了二三部作品而已。日本文学作品——当然是与其他外国作品一起——被大量介绍到中国已然是文学革命（民国六年，大正六年）以后的事了。

中国现代作家中著名的鲁迅（周树人）、周作人、郭沫若、张资平、田汉等，另外还有大批非作家的翻译学者以及文学评论家，都为日本文学的翻译工作贡献了巨大的力量。文学革命以后的中国文坛，日本留学生异常活跃，无论是主张"为人生"的文学理念，而致力于介绍外国文学的文学研究会，还是倡导

"为艺术"的文学理念。而从事大量创作工作的创作社干部中，日本留学生都占多数。当时的日本文学已经完全能够自如地运用西方文学理论以及创作手法了，俨然是世界文学的陈列场。所以，当时的中国学者与其花费时间琢磨难懂的德语、法语、俄语，倒不如直接由日语转译简便。鲁迅以医学留学生身份留学日本时，他认为"救国救民需先救思想"，于是弃医从文。其他相似事例不胜枚举，当时有如此强烈创作欲望的年轻文人比比皆是，再加上与留学美国归来的胡适先生倡导文艺口语化的理论相结合，新文学就诞生了。从民国九年开始小学生读物开始口语化，其中使用了与片假名相类似的发音标记符号，由此可以推断出应该是学习了早已完成文体革新的日本。同时，日本也早已流行资本主义文学。

一个民族的需求可从其作家作品的存在形式可见一斑。日本古典文学之所以并没在中国形成一定影响，这也是原因之一。周作人喜爱江户文学因而提倡俳文俳句，之前也曾翻译过能狂言；虽然其他文人也曾尝试翻译研究日本古典文学，如钱稻孙曾经翻译研究过《万叶集》《源氏物语》，但是在中国读书界最有人气的还是新时期文学作品。比如夏目漱石超现实主义的余裕思想，武者小路实笃人道主义的真诚，芥川龙之介的东洋才情，以及菊池宽质朴的人情味等，这些作品在中国知识分子中间引起了一定程度的共鸣。另一方面，谷崎润一郎早期的唯美主义创作方式也有部分追随者，大正时期作家的创作特点也曾影响了中国文人的创作风格。周作人翻译的石川啄木的和歌对泰戈尔的诗歌创作以及中国诗歌的革新都起到了一定的作用。厨川白村因鲁迅先生的介绍，在中国的知名度甚至比在日本还高。

二战之前对于日本作家作品的翻译介绍主要有：森鸥外、国木田独步、小泉八云、夏目漱石、有岛武郎、武者小路实笃、志贺直哉、谷崎润一郎、佐藤春夫、芥川龙之介、菊池宽、小川未明、秋田雨雀、升曙梦、叶山嘉树、林房雄、藤森成吉、横光利一等。

后　记

　　本书是通过笔者近几年所写的几篇随笔展开论述的，内容主要是"普通文学"的存在方式以及其研究方法。

　　以西方文学为研究题材的文学评论比比皆是，可是取材于东方文学的研究内容从世界范围来看却是少之又少。这对于追求文学理论普遍适应性的读者来说无疑是令人遗憾的事情。本书中收录的几篇小论文，在此意义上可以说多少给予些刺激，希望对东方文学的研究起到一些作用。

　　《日本文化与中国文化》（60页）分别刊登在明治书院《日本文化史讲座》第二卷与第五卷（昭和三十三一三十四年），（原题《中国文化的影响》）。《传统与现代化》（25页）原题为《中国思想在日本的接受方式》，刊登在至文堂《东洋思想讲座》

第三卷（昭和三十三年），登载在同一讲座第四卷的《东洋的笑与幽默、中国》（15页）以《东洋人的笑》为题收录在本书中。

《中国古典与现代》（30页）刊登在杂志《言语生活》（昭和三十三年2月），《孔子与论语》（16页）为文部省《初等教育资料》（昭和三十二年11月）而作。

《阳间·阴间》（15页）发表在佛教杂志《大法轮》（昭和三十六年6月），《中国的推理小说》（22页）刊登在《朝日评论》（昭和二十五年6月）。

《中国文学的发展》已被本书同一出版社出版的《文学入门》收录，《从诗经到现代诗歌》（20页，昭和三十五年以《中国诗史》为题为平凡社专刊《世界名诗集大成·东洋编》而作）。这两部分合并恰好可以构成中国文学小史，故而将前面有关日本的诗歌部分省略添加在此。

《人生与诗歌》《民族·语言·诗》《流行与不变》为俳句杂志《云母》而作，《中国的诗与日本的歌》《野史小说与明治小说》《日本文学对中国文学的影响》分别为《短歌研究》《国文学解释与鉴赏》《日本文学大辞典》而作。除了上述的《人生与诗歌》《流行与不变（后半部分）》大部分都曾收录在弘文堂《日本文学与中国文学》中，由于这本书已绝版便再次收录在本书中。

《对偶与押韵》（12页）刊登在东洋大学《古代文学研究》（第八号、昭和三十六年2月），这是笔者最近一直努力研究的方向之一，若能得到认可深感荣幸之至。